中公文庫

維新始末

上田秀人

JN149338

中央公論新社

目次

江戸時代
幕末地図
音羽
小石川
不忍池
上野
下谷
吉原
浅草
浅草寺
隅田川
両国橋
内藤新宿
御城
日本橋
八丁堀
富岡八幡宮
本所深川
三田
品川

〈『維新始末』の主な登場人物〉

榊《さかき》扇《せん》太郎《たろう》　先祖代々の貧乏御家人。かつて鳥居耀蔵の引きで闕所物奉行《けっしょものぶぎょう》を拝命、深川安宅《あたけ》町の屋敷にて業務をおこなっていた。

鳥居耀蔵《とりいようぞう》　元目付。老中水野忠邦の側近で町奉行の座を狙っていたが、その後水野との確執により失脚。お家取り潰しのうえ、讃岐《さぬき》へ永の預けとなった。

水野越前守忠邦《みずのえちぜんのかみただくに》　元浜松《はままつ》藩主。老中として天保の改革を行った。嘉永四年（一八五一）死去。

朱鷺《とき》　音羽桜木町《おとわさくらぎちょう》遊郭、尾張屋の元遊女。以前は百八十石旗本の娘、伊津《いつ》。

天満屋孝吉《てんまやこうきち》　浅草寺門前町の顔役。古着屋を営む。闕所で競売物品の入札権を持つ。

二代目水屋藤兵衛《みずやとうべえ》　船宿水屋の主。深川一帯を仕切る顔役。

西田屋甚右衛門《にしだやじんえもん》　吉原のもと惣名主。五年前に隠居し、仁無翁《にむおう》を名乗る。

三浦屋四朗左衛門《みうらやしろうざえもん》　吉原一の名見世主。

小野匠《おののたくみ》　神田駿河町《かんだするがちょう》に居を構える六百石の名門旗本。

益満休之助《ますみつきゅうのすけ》　薩摩藩江戸詰藩士。浪士取り締まりと江戸での探索方を担当。

西郷吉之助《さいごうきちのすけ》　薩摩藩士。戊辰戦争を主導。のちの隆盛《たかもり》。

維新始末

第一章　江戸の風雨

一

浅草《あさくさ》の喧噪《けんそう》は過去のものとなっていた。

観音さまに救済を求める善良な男女は増えている。しかし、参詣《さんけい》に来たついでに買いものをして帰ろうとか、うまいものを喰《く》っていこうとか、見世物小屋《みせものごや》を覗《のぞ》くとかいった遊興を楽しむ者が極端に減っていた。

「国事にかかわれぬ庶民とはいえ、怠惰《たいだ》な遊興に溺《おぼ》れている時代ではないぞ」

「我ら天下の志士《しし》だ。道を空けろ」

辻の真ん中を数人の浪人が肩で風を切って進んでいた。

「見てはいけません」

「………」

浪人たちの前にいた庶民たちが、そそくさと逃げ出していく。

「ふん、気楽なものよ、野田《のだ》氏。庶民というのはこの黒船が来襲する世だというに、一朝有事《いっちょうゆうじ》へ思いをはせることさえせぬ」

「言うてやるな、芋川《いもかわ》氏。我らのような高尚な思いをもって国難に当たろうという勤王《きんのう》の志士と庶民は一にできぬ。この者どもは、今夜の飯が異国の侵略よりも重要なのだ。憐《あわ》れむべし、憐れむべし」

遠巻きにしている庶民たちを見ながら、浪人たちが嘲笑した。

「志《こころざし》なく、なにが人であるか」

「このような者を指導するのが、我ら国士の役目である」

怒る芋川を野田が宥《なだ》めた。

「ふむ。つまり我らがこやつらを異国の災難から守っている」

「さよう。そして夷狄《いてき》追うべしという天朝《てんちょう》さまのご命《めい》を果たしているのも、我ら憂国《ゆうこく》の志士じゃ」

芋川と野田が顔を見合わせた。

「ならば、幾《いく》ばくかの合力《ごうりき》を求めるのは当然だの」

「そうだ。なにせ我らが命懸けで働いて、この無知なる者の毎日を庇護《ひご》しているのだ。我らのために、浄財《じょうざい》を喜んで差し出すべきである」

二人が口の端をつり上げた。

「ちょうどよいところに古着屋があるではないか」

「おう。なかなかの店構えである。さぞかし稼いでいることであろう。我らに多少の喜捨《きしゃ》をしても困るまい」

芋川が、暖簾《のれん》代わりに古着を軒先につるしている店を指さし、野田が同意した。

「邪魔をするぞ」

垂れ下がっている古着を右手ではねのけ、浪人二人が古着屋に入った。

「……おいでなさいまし」

番頭が応対に出てきたが、店の前で小芝居をしていたのだ、二人の浪人が客でないどころか、集《たか》りであるとわかっている。番頭の顔は苦くゆがんでいた。

「主《あるじ》はおるか」

「御用はわたくしが承《たまわ》りまする」

こんな連中を取り次いだとあっては、番頭の鼎《かなえ》の軽重《けいちょう》が問われる。番頭がわかりきっている用件を尋ねた。

「きさまごとき奉公人が、この勤王の志士として京にも名の知られた我らの相手をするだと。思いあがりも甚だしいわ」

芋川が大声で威圧した。

「それは存じあげませんでした。お詫《わ》びいたしまする」

番頭は怯《おび》えもせず、ていねいに謝罪した。

「ではございますが、ご用件もわからずに主へ取り次ぐなど、奉公人としてできることではございませぬ。その情を天朝さまのご臣下たるあなたさま方もおわかりだと」

「むっ……」

正論で反論する番頭に芋川が詰まった。

「小癪《こしゃく》な下人であるが、その言を否定もできぬの。では、申してくれるわ。軍資金を用立てよ」

「軍資金でございますか。どこかと戦《いくさ》に」

野田の要求に番頭が首をかしげた。

「きさまの願いである用を申した。これ以上は主を出せ。でなくば、天朝さまに逆らう不忠者として、天誅《てんちゅう》を加える」

柄《つか》に手を置いて野田が番頭を睨《にら》んだ。

「しばしお待ちを」

店には番頭の他に、手代《てだい》や丁稚《でっち》もいる。まだ奉公に来たてで前髪を付けている丁稚など、震えあがっていた。番頭はこれ以上無理だと感じ、奥へと消えた。

「……お待たせをいたしました。当家の主、天満屋孝吉《てんまやこうきち》でございまする」

深くしわを刻んだ白髪の男が店先へ出てきて、腰を折った。

「用件は番頭から聞いておろう」

野田が天満屋孝吉に言った。

「軍資金を出せとの仰せだそうでございますが、どこと戦が起こりましょう。江戸が巻きこまれるようならば、急ぎ在所へ避難いたしたく存じまする。お教えくださいませ」

「異国じゃ。南蛮《なんばん》を追い払う攘夷《じょうい》を今上《きんじょう》さまはお望みである」

天満屋孝吉の問いに芋川が答えた。

「南蛮でございますか。では、戦場は長崎《ながさき》か、下田《しもだ》で、ああ、横浜《よこはま》もございましたか。どこも遠くございますな」

「それがどうした。遠かろうが、戦いはせねばならぬ。異国の侵略から国を守るのは当たり前である」

平然としている天満屋孝吉に、野田が声を荒らげた。

「国と言われましても、わたくしどもにとっては、この江戸だけが国でございます。江戸が危ないというならば、御手助けをするのもやぶさかではございませんが、遠国《おんごく》となりますと対岸の火事でございまして」

「きさま、この国事多難のおりに、そのような勝手を申すなど、国賊《こくぞく》であるぞ」

芋川が怒鳴りつけた。

「わたくしがお金をお渡ししたとして、それをあなたさま方はどうお遣いになるおつもりでございますか。鉄炮《てっぽう》を買われますか、それとも遠国までの兵糧代にでもなさいますか」

「どのように遣おうが、我らの考え次第である。武士でない者に計略など話したところでわかるまい」

野田が言い放った。

「心配するな。我らが気力を養うために、よいように遣ってくれる」

芋川も笑った。

「……話になりませんね」

鼻で天満屋孝吉が笑った。

「なんだ」

「逆らう気か」

芋川と野田が怒りを浮かべた。

「気力を養うために……ふざけちゃいけねえ。金が入ったらそのまま吉原へ行くつもりだろう」

がらっと口調を変えて天満屋孝吉が言った。

「きさまっ……」

「図星だなあ、その顔《つら》は。そもそも異国と戦うつもりなんぞ、端《はな》からないだろうに。

そんな気概があるなら、今ごろ江戸でくすぶっちゃいないだろうが。江戸は将軍家のお膝元だ、異国が攻めこもうが、旗本《はたもと》八万騎がある。そんなに異国と戦いたいのなら、港を開けた長崎や横浜、神戸《こうべ》へ行きな」

天満屋孝吉が手で二人をあしらった。

「ぶ、無礼な。たかが古着屋風情《ふぜい》が、我ら勤王の志士に向かって、雑言を吐《は》くか」

野田が天満屋孝吉を睨みつけた。

「たかがだあ、こちとら浅草で三十年以上商いをしてきたんだ。おめえなんぞ、にわかじゃねえか。ええ、ちょっと前まで役立たずだった浪人風……今はもっと害悪になってるようだがな」

天満屋孝吉が言い返した。

「もう、許せぬ」

芋川が太刀《たち》の柄に手をかけた。

「やるぞ、芋川氏。このまま退《ひ》いたのでは、侮られる。我らは二度とこの辺りで合力を求められぬ」

野田が太刀を抜いた。

合力とは助力を求めることだが、勤王の志士を名乗る浪人たちの実態は強請集《ゆすり》りである。強請集りは、相手に対する押し出しが利かなければ、できなくなった。

古着屋の主に追い返されたなどの評判が立てば、今まで顔を出しただけで小銭を包んで出した商家も、ただで飲み食いをさせてくれていた煮売り屋も態度を変える。

地回りと同じで勤王の志士を騙《かた》る浪人たちも、顔を潰《つぶ》されては明日から生きていけなくなった。

「おう」

芋川も白刃を鞘走《さやばし》らせた。

「物騒なまねはよせよ」

そこへ表から別の侍が入ってきた。

「なんだ、おまえは。この辺りは我らの担当であるぞ」

どこから金を取るか、勤王の志士という浪人にも縄張りはあった。でなければ、浪人同士がかち合い、争闘になる。

「これは榊《さかき》さま、ようこそのお見えで」

天満屋孝吉が掌《てのひら》を返したように愛想よくなった。

「よく言うな。拙者が来るのを店のなかからずっと見ていただろうが」

榊扇太郎《せんたろう》があきれた。

「こやつらの相手をさせる気だろう。そのためにわざと怒らせた」

「お礼はいたしますよ」

いけしゃあしゃあと天満屋孝吉が認めた。

「浅草の顔役が、浪人二人くらいで他人《ひと》を頼るなよ」

面倒くさいとばかりに扇太郎が嘆息した。

「丁稚を代貸しの徳蔵《とくぞう》のもとへ走らせてますが、間に合いそうにありませんしね。なにより、店は顔役としてではなく、商人としてまじめにやっている場所でございますし」

天満屋孝吉が言いわけをした。

「顔役……」

野田が怪訝《けげん》な顔をした。

「それも知らないで浅草を縄張り呼ばわりしていたのか」

扇太郎が驚いた。

「こいつはただの商人のように見えるが、浅草の辺りを抑えている顔役だ。一声かけると百人は集まるぞ」

「ひ、百人……」

芋川が扇太郎の口にした数に驚いた。

「そんなわけはない。なら、今ごろ無頼《ぶらい》たちが、我らを囲んでいるはずだ」

野田が冷静に反論した。

「天満屋、そろそろあきらめたらどうだ。いつまでもまともな商人でございという顔をしたいというのは、贅沢《ぜいたく》というものだ」

扇太郎が天満屋孝吉に告げた。

「親から受け継いだ古着屋でございますから、わたくしの代で潰すわけにもいきませんでしょう」

正体を明かして、そっちで喰っていけと諭《さと》した扇太郎に、天満屋孝吉が首を横に振った。

「だからといってだな、配下たちを門前町向こうに置いておくのはまずいだろう。

いざというときに間に合わぬ」

扇太郎がせめて護衛くらいは側《そば》に置けと述べた。

「浅草の連中は皆、わたくしのことを知ってますからね。縄張りうちで危ない目に遭うことなんぞありませんよ」

天満屋孝吉が大丈夫だと拒んだ。

「現に、こうやって脅されているじゃないか」

「それは、こいつらが世間を知らない馬鹿だからでございます」

釘《くぎ》を刺そうとした扇太郎に、天満屋孝吉が苦笑した。

「顔役でも配下がいないならば……」

「そうだ。顔役をやったとあれば、我らがこやつの縄張りをいただいて当然だ」

護衛の無頼がいないとわかった二人の浪人が剣呑《けんのん》な雰囲気になった。

「阿呆《あほう》が、護衛が側にいない理由を考えろ」

やる気になった二人に扇太郎が罵声《ばせい》を浴びせた。

「どういうことだ」

芋川がきょとんとした。

「こういうことでございますよ」

わざとらしく丁重な物言いで、天満屋孝吉がいつの間にか抜いていた匕首《あいくち》を芋川の鳩尾《みぞおち》に叩《たた》きこんだ。

「ぐっ……」

急所への一撃で、芋川が即死した。

「おい……こいつ」

野田が慌てて、太刀を振りかぶった。

「しかたねえ」

小さくため息を吐《つ》きながら、扇太郎が野田の後ろから太刀を突き刺した。

「ひ、卑怯《ひきょう》……」

首だけで振り向いた野田が恨み言を口にした。

「生き死にに、正義も卑怯もあるか。生き残った者が勝つ。これは乱世も今も変わらねえ。そんな覚悟でよく不逞《ふてい》浪人なんぞやってたな」

扇太郎が太刀をゆっくりと抜いた。

「……」

崩れるように野田が倒れた。

「ありがとうございまする。商品に血が飛ばないようにお気遣いをいただきました」

天満屋孝吉が扇太郎の判断を褒《ほ》めた。

「古着は血が付いたら終わりだからな」

人の血というのは衣服に付いたら取りにくい。洗い張りをすればどうにかなるが、その手間ぶんが高くなり、古着として庶民の手の届く金額ではなくなった。

扇太郎は敵を暴れさせず、血が余り流れないようにと、野田の肝臓を貫いていた。

「死体はどうする」

店の土間に浪人二人が死んでいる。これだけでも大事なのだ。世間に見つかりでもしたら、騒ぎになる。

「お任せを。縄張りうちなら、お大名を殺しても大丈夫でございますよ。跡形《あとかた》もなく消して見せますから。おい」

「へい」

平然と言いつつ天満屋孝吉が顎をしゃくり、店の隅で静かにしていた手代がうなずいた。

「とりあえず、店の裏へ運んでおきなさい。暗くなってから大川へ捨てるから。ああ、ごみにしかならないけど、身ぐるみ剝《は》ぐのを忘れないようにね。身許《みもと》が知れる怖《おそ》れはないと思うけど、念のためだ」

「お任せを」

手代がすぐに死体を奥へと引きずっていった。

「土を入れ替えなさい」

「はい」

続けて別の手代が血の染みた土を鏝《こて》とちりとりを使って取り除き、どこからか新しい土を持ってきて均《なら》した。

「店の奉公人は、顔役の配下じゃなかったのでは」

かつて天満屋孝吉は、店と裏稼業は分けていると言っていたはずと扇太郎は首をかしげた。

「裏稼業にはかかわらせてはいませんがね。どうしてもこういった顔役というのは、要《い》らぬ騒動を持ちこまれることが多く、やむなく奉公人も強くなったというわけで」

　みょうな言いわけともつかない話を天満屋孝吉がした。

「そうか」

　それ以上、扇太郎は言及を避けた。

「ところで、町方《まちかた》役人は浪人たちを取り締まったりはせぬのか」

　扇太郎は疑問に思ったことを問うた。

「町奉行所の同心《どうしん》たちでございますか……ふん」

　天満屋孝吉が鼻で笑った。

「なにもしてくれませんよ。なにせ、浪人たちは天朝さまを口実にしてきますからね。聞けば天朝さまは、将軍さまよりお偉いとか」

「まあ飾りだがな。将軍も天朝さまからのご親任を経《へ》て、大政を預かっている。こういった形を取っている」

　なんともいえない顔で扇太郎は告げた。

　扇太郎も百二十俵と軽輩ながら、御家人《ごけにん》の一人である。一年にしたところで、百両足らずの貧乏御家人なのだ。会ったこともなければ、声を聞いたことさえないだけに将軍への忠誠は薄い。将軍のおかげで先祖代々生きて来られたという感謝はあっても、命を懸けるほどの想いはなかった。

「天朝さまを出して開き直られたら、よほどでなければ手出しはできまいな。しかし、店から助けを求めれば……」

「そうはいかないのでございますよ」

被害を訴えればいいと言った扇太郎に、天満屋孝吉が首を横に振った。

「あんな頭もない浪人のくせに、みょうに連携が取れていましてね。町方に訴えた店には、後から報復がおこなわれるんで」

「浪人たちを町方が捕まえたとしてもか」

「さようでございますよ。まったく今まで見たこともない浪人が、いきなり暴れこんで来るらしく、よくも勤王の志士を幕府の犬に売ったなと叫んで、話もなにもさせず、店を壊してしまうのだとか。最初、浪人たちが集りに来たとき、町方へ手を回した商家が何軒も潰されてます。なかには、奉公人が斬り殺されたところもあると」

扇太郎の疑問に、天満屋孝吉が答えた。

「剣呑な話じゃねえか。よくそれで町方がやっていけるな。町方は出入りの商家から金を受け取っているだろう」

南北両奉行所の役人は与力《よりき》で二百石前後、同心に至っては三十俵二人扶持《ぶち》と禄《ろく》が少ない。三十俵二人扶持を金に替えると、おおむね十二両になる。そう、同心は月に一両で生活をしなければならない。

庶民でさえ月に一両は要る。同心とはいえ、一応侍になる。生活にかかる費用は、武芸の修練などが増えるし、御家人としての体面もある。衣服も庶民のように破れてなければいいというわけにはいかない。そこに町方としての役目を果たす手助けをする御用聞きを抱えるとなれば、とても月に一両ではやっていけなかった。

罪に汚れた者を相手にすることから不浄職とさげすまれる町方役人に幕府が格別の気遣いをするわけもなく、足りないぶんは己《おのれ》たちでどうにか手配しなければならない。そこで町方たちは、江戸市中の大名屋敷や商家へ合力を強請《ねだ》った。

「なにかあったときの便宜をはからう」

町方役人が差し出した対価は形のないものだったが、これが受け入れられた。

商人が役人に弱いのは、いつの時代も同じである。とくに密接なかかわりを持つ町方役人からの要求を撥《は》ねつけると、どのような嫌がらせをされるかわからないのだ。

さすがに無頼のまねをして店先で暴れるとか、たむろして客足を少なくするなどはしないが、役所の持つ許認可の権を振りかざしての邪魔はしてくる。

「店の前に荷を積むな。通行の邪魔だ」

「ご禁制の品を取り扱っているのではなかろうな。蔵のなかをあらためる」

どちらも商家にとっては大いなる手間になる。商品が届いたとき、一時店の前に置くのは当たり前であるし、町方役人が蔵のなかをあらためる間は、誰か奉公人を案内として付けなければならない。

これが年に一度くらいならば、どうということはないが、毎日やられてはたまらない。とはいえ、相手はその権を持っている。

その面倒もたまらないが、商人にとって町方と繋《つな》がる利点はあった。

これは名前を重んじる大名家にも同じことが言える。商人にとって暖簾は命よりも重い。その暖簾に傷がつくのはなんとしてでも避けたい。しかし、奉公人を雇うとか、苦労知らずの三代目とかが、なにかをしでかすことはままある。

博打《ばくち》で借財を作り、無頼が店にまで取り立てに来る、他人の女や娘に手出しをしてもめ事になるなど、恥はいつ掻《か》くかわからない。

他にも奉公人が店の金を盗んだとか、世間に知れては恥になることも起こり得る。そういったときに、町方とつきあいがあればもみ消せたり、被害が少ないうちに収められたりできた。

「あまり阿漕《あこぎ》なまねをするなよ」

金を取り立てに来る無頼も、町方役人から一言言われると弱い。

「騒動にすると、かえって娘さんに傷がつくぜ」

娘を傷物にされたと騒ぐ親も、黙るしかない。

「二度と江戸へ戻ってくるなよ。見つければ縄を打つ」

店の金を盗んだ奉公人を表沙汰《おもてざた》にせず、遠くへ追いやる。

このどれもが町方の仕事として成りたつ。

いざというときのためであり、なにもなければ払わないですむといえばすむ。しかし、わずかな金で便宜を図ってもらえるならば、そうしない手はない。

言いかたは悪いが、町方役人は金をもらって商家の用心棒をしているのだ。

「役立たずに、金を払うような奴《やつ》は商人じゃございませんよ。もう、この辺りは誰も町方に金を出してません。わたくしも三カ月前に縁切りさせていただきました」

吐き捨てるように天満屋孝吉が口にした。

「町方がなにもしない、できないとあれば、江戸の治安はぼろぼろじゃないか」

「女や子供は危なくて、日が暮れごろからは外を歩けなくなっておりますな」

驚く扇太郎に、天満屋孝吉がため息を吐いた。

「物騒な話だな。それが江戸一繁華で聞こえた浅草のこととは思えねえぜ」

扇太郎があきれた。

二

「ところで、榊さま。今日はどのようなご用件で」

天満屋孝吉が問うた。

「闕所《けっしょ》を喰らう前に、家財を売り払いたいと頼まれた」

なんとも言えない顔で、扇太郎が用件を告げた。

「どうも闕所物奉行《けっしょものぶぎょう》をしていた関係で、競売にくわしいと思われているようでな」

「それはそれは」

嫌そうな顔をする扇太郎とは対照に、天満屋孝吉がもみ手をした。

今は小普請《こぶしん》となった扇太郎だが、老中水野越前守忠邦《みずのえちぜんのかみただくに》のもとで闕所物奉行をやっていた。

闕所とは幕府における付加刑であり、重追放《じゅうついほう》以上の刑罰を受けたとき、家屋敷などの財産を罪に応じて取りあげられることをいう。

その実行と闕所で得た財物を競売して、幕府勘定方に納めるまでを取り仕切るのが闕所物奉行であった。数名の手代を配下にする奉行とはいえ、城中に席を与えられない軽輩で、持ち高勤め、専用の役所はなく、己の屋敷を使用した。

碌《ろく》でもない役目のように思えるが、金の動くところに利権はある。闕所物奉行は、その競売に参加した商家から儲《もう》けの幾ばくかを上納金として受け取っており、貧乏御家人としては憧れの役目であった。

「どこのお方で」

天満屋孝吉が具体的な情報を求めた。

「本所深川町の矢沢慶吾《やざわけいご》どのだ。榊家と遠縁にあたるのだがな、百五十俵の貧乏御家人だ。ご多分に漏れず借財が嵩《かさ》んでな。とうとう、首が回らなくなったのよ」

「札差《ふださし》が音をあげましたか」

聞いた天満屋孝吉が苦笑した。

札差とは幕臣の禄や扶持米を金に替える商売である。直接旗本、御家人の収入に携わるため、その内証にも通じている。このことから、旗本、御家人への金貸しもおこなっていた。家が続く限り幕府から旗本、御家人へ禄が与えられる。その禄をもっともよく知っているのが札差なのだ。どのくらいの金なら取りはぐれなく貸せるかを札差は把握していた。とはいえ、それにも限界がある。返せないところまで借財が嵩んだ途端、札差は態度を急変させる。

「なになにさまにこれだけ御用立てしておりまするが、返済がなされておりませぬ。なにとぞ、ご差配をお願いいたしまする」

こう評定所《ひょうじょうしょ》へ訴え出るのだ。

評定所は庶民が大名、旗本、御家人へ対抗する唯一の手段である。ここへ訴人された者は、目付あるいは徒目付《かち》から厳しい詮議を受け、相応の咎《とが》めを受ける。

借財で訴えられた家は、そのほとんどが改易闕所《かいえき》となる。

改易闕所では、当主の切腹などはないが、幕臣の身分を失ううえ、財物すべてを取りあげられる。もともと借財はあるだけに、さほどの財産はないが、それでも家宝や売り払うわけにはいかないものなどはある。とくに将軍家からの拝領品《はいりょうひん》など、家族が飢え死にしようとも換金するわけにはいかないのだ。

「喰えぬ刀より、米を」

腹を空かせた吾《わ》が子のために、将軍家より拝領の刀を売る。親としては正しい、ただ、幕臣としては最悪になる。

ものがものだけに、買ったほうも表沙汰にはできない。

「三代将軍家光《いえみつ》さまのご佩刀《はいとう》だそうでござる」

そんなものを自慢すれば、数日経《た》たずして目付が入る。拝領品は、その家に許された名誉であり、他人が手にすることは認められない。

密《ひそ》かに銘刀を手に入れた喜びに浸るだけである。とはいえ、好事家《こうずか》という者は、始末の悪い連中の集まりであった。

最初は手に入れただけでうれしかったのが、やがて自慢したいに変化する。

「これは貴殿だけにお見せするのでござる。決してご口外あるな」

「もちろん、他言はせぬ」

こういった約束ほど守られないものはない。他人に見せつけて自慢をしたいといった虚栄心は、見せつけられた者の嫉妬を呼び、あっさりと裏切られる。

「なになに家には、あるはずのない拝領品があるらしい」

あっという間に噂《うわさ》は拡がり、あわてたときにはもう遅い。しっかりと目付の監察を受け、家が潰れる。

こうなったとき、買った家が売った家のことを黙っているはずはなかった。いや、なにより幕府には右筆《ゆうひつ》部屋に、拝領品の詳細な記録が残されている。

「どこどこへなになにを何代目の上様が、どういった経緯で下賜《かし》された。その品の特徴はこうである」

それを見れば、一目でどこに下賜されたかわかり、買った家よりも重い罪になった。

「どうしても追慕の気持ち抑えきれず、ご愛用の品だけでも吾がもとに……」

買ったほうは、こう言って将軍への思慕をあきらかにすれば、家臣として無理もないと判断される場合が多く、罪を喰らっても減禄、うまくいけば差し控えですむ。しかし、売ったほうはどのような理由も通らない。死罪改易になる。

そうわかっているだけに、拝領品は闕所になるまで保管されている場合があった。

「とはいえ、こういったご時世で、将軍さまのお値打ちは下がってますからねえ。たいした金にはなりませんよ。買い手もそうそういませんし」

天満屋孝吉が嘆息した。

「幕府が長州《ちょうしゅう》に負けたのが大きいか」

扇太郎も難しい顔をした。

勤王攘夷を声高に言い、幕府の命を無視しだした長州藩毛利《もうり》家を咎めるとして、実に二百年をこえて久しぶりの軍勢を幕府は起こした。

一度目はよかった。幕府の威勢とそれに従う外様《とざま》雄藩の圧力もあり、毛利家は家老たちの切腹を条件として降伏した。

「それ見たことか」

旗本たちは長州藩毛利家の弱腰を嘲笑したが、幕府はそれ以上の罰を与えなかった。長州藩は家老の首を失ったが、領土は一寸も削られず、賠償金も支払わずにごまかせた。

というより、幕府にそれをするだけの力がなかった。

「毛利親子切腹のうえ、藩を三万石に減らし、奥州へ移すべし」

強硬な論を出す者はいたが、そうするとなれば長州藩の反発は必至であった。家老の首だから我慢して差し出したのだ。それが藩主のものとなれば、家臣たちは必死になる。主君の命を守ってこその武士なのだ。

「主君の首と引き換えに生き延びたなど、武士の風上にも置けぬ。毛利の名前も地に落ちた。さぞや泉下で元就《もとなり》公は嘆いておられようぞ」

長州藩士は天下の笑いものになる。武士にとって、これほどの屈辱はない。生きて恥を晒《さら》すくらいならば、死に花を咲かせてやれとなるのは必定であった。

「ならば、滅ぼすまで」

逆らうならば容赦はしないとばかりに軍勢をもう一度長州へ出す。幕府にはその金がなかった。

戦には金がかかる。金だけではなく、米も武器弾薬も要る。江戸から長州まで延々と軍勢を率いて行くとなれば、数万両どころか十万両以上かかる。

ならば、配下の大名たちに命じればいいと思われるが、幕府に金がないときに、諸藩が戦費に耐えられるはずもない。

金がない軍勢など、出したところで無駄であった。鉄炮の弾もなく、弓の矢も節約しなければならないような軍勢が、籠城《ろうじょう》戦ならまだしも敵地へ向かってどうにかなるわけなどないのだ。

下手《へた》に討伐の軍勢を出して、負けて恥を掻くよりは、一応詫びを入れさせたという実績だけで満足しておく方がましだと幕府は考えた。

「温情をもって対処くださいませ」

さらに第一回目の征長軍では、幕府に与《くみ》した薩摩《さつま》が長州を援護した。これは、長州に手を差し伸べたと同時に、幕府を脅したのである。

これ以上するならば、薩摩は味方せぬ。どころか、敵に回ると薩摩は暗に表明した。

長州だけで手こずっているところに、もっと遠い薩摩まで敵になる。そうなれば幕府はもうなにもできなくなる。

結果、一度目の征長は勝利したが、名ばかりで何一つ実はなく終わった。

それが長州毛利家の再決起を招いた。長州藩を牛耳《ぎゅうじ》っていた門閥《もんばつ》家老たちが下級武士たちによって放逐され藩政が転換したとはいえ、それを招いたのが幕府の弱腰であったのはまちがいないことであった。

「徳川なにするものぞ」

毛利が国境《くにざかい》を固め、イギリスから新兵器を購入し、戦いに気勢をあげた。天下の武を象徴する将軍に一大名が逆らった。それも一年経たない間にである。幕府の面目は丸潰れになった。

「今度こそ、毛利を討つ」

ふたたび幕府は軍勢を出したが、今度は薩摩も協力しなかったし、諸藩の足並みは端から揃《そろ》っていなかった。続けざまの軍役に耐えられなかったというのもあるが、第一次長州征伐で、領地を取りあげられなかったため、参加した藩へ褒賞《ほうしょう》を渡せなかったのが大きかった。

命を懸けて戦っても、認められない。

当然、軍勢の士気は低い。そこへ己の領国で戦う毛利家が地の利を駆使して迎撃、征長軍はあっという間に崩壊、幕府は敗戦を喫した。

幕府が負けた。その衝撃は天下を揺るがしただけでなく、大坂城で陣を動かしていた十四代将軍家茂《いえもち》の命まで奪った。

戦に負けただけでなく、病死とはいえ、将軍まで死んでしまった。

「張り子の虎」

大名たちは、いや、全国の庶民も幕府が弱体していることに気づいた。

「将軍さまのお膝元」

江戸城下に住む庶民たちの誇りも汚れ、そこへ不逞浪人たちの無体も加わって、幕府への信頼は減少し、結果として徳川家の価値も下がっている。

「拝領品だからといって、さほどの値は付きませんよ」

天満屋孝吉が首を横に振った。

「最初から足下を見るなよ」

値引き交渉を始めるなと扇太郎が苦笑した。

「やりにくいですな。この商いの隅から隅までご存じのお方は」

小さく天満屋孝吉が頬をゆがめた。

「ちょっとでも高く買ってもらわねえと、こちとらの足代が出ねえからな」

「ご勘弁を。しっかり紹介料はもらわれておられましょうに」

今度は天満屋孝吉が突っこんだ。

「ふん」

見抜かれた扇太郎が鼻を鳴らした。

「とにかく、ものを拝見しなければ、話は始まりませんよ」

「たしかにそうだ。じゃあ、行こうか」

今から同行してくれと扇太郎が求めた。

「ちとお待ちを」

天満屋孝吉が手で扇太郎を制した。

「おい、今日は商いを終えていい。しっかりと戸締まりをして寝てしまいなさい」

「旦那《だんな》さまは」

指示された番頭が天満屋孝吉は帰ってくるのかどうかを尋ねた。

「お峰《みね》のところに行くよ。明日の昼前には顔を出すから」

「へい」

番頭がうなずいた。

「お待たせをいたしました」

天満屋孝吉が一礼した。

「お峰……おぬしの妾《めかけ》はお崎《さき》と言わなかったか」

店を出たところで扇太郎が首をかしげた。

「お崎とは、三カ月も前に手切れをいたしました。なんでも江戸は物騒なので、国元へ帰るとか申しまして。まあ、何年も一緒にいて、身体《からだ》を重ねた仲だったのでございますがねえ。あっさりとしたもので。ということで、逃げ出せない女を探しました。お峰は深川の出なので江戸に残るしかございません」

訊《き》かれた天満屋孝吉が答えた。

「妾も江戸から逃げ出しているとはな」

扇太郎がうなった。

妾という商売は、囲う男がいないと成りたたない。地方でも妾を囲うだけの男はいるだろうが、江戸ほどは多くない。

なにより、相手の男の好みと女が一致するとは限らないのだ。妾をしたいと思っていても、旦那になり得る男が少なければ、あぶれてしまう。

その点、江戸は昔から女の数より男が多い。これは江戸へ参勤で来る武士というものも影響しているが、もともと天下の城下町で一旗揚げようとして、国元から出てくる男が少なくないという理由によった。

そう、江戸では女のほうが男を選べた。

その妾が江戸から去っている。

「命には代えられないということなんでしょうなあ」

天満屋孝吉がため息を吐いた。

「こりゃあ、いよいよ切羽詰まったようだな」

扇太郎が表情をゆがめた。

「徳川さまが負けると……」

目を大きく見開きながら、天満屋孝吉が確認した。

状況はよくないとわかっていても、江戸の庶民にとって徳川、将軍家は絶対である。その家臣である扇太郎の言葉に、天満屋孝吉が驚くのは当然であった。

「戦いにならねえよ」

扇太郎が首を横に振った。

「おいらは小普請だったから、長州まで行かずにすんだが。見たか出陣のありさまを」

「拝見しました」

訊かれた天満屋孝吉が首肯した。

「どうだった」

「それは見事な陣立て振りでございました。鎧兜《よろいかぶと》に身を固め、鋭い穂先の槍《やり》を立てて進まれる様子はさすがと」

天満屋孝吉が感心したと答えた。

「数だけは揃えたからな」

扇太郎が嘆息した。

幕府は江戸から数千の旗本、御家人を征長に参加させていた。それぞれの家臣がそこに付け足されるので、軍勢は軽く万をこえ、堂々と街道を西上する姿は、圧巻の一言であった。

「先祖伝来の鎧兜に槍で、新式鉄炮に勝てるわけなかろう。徳川の兵が放つ弓の届かない遠くから、薩摩長州が持っているエゲレス渡りの鉄炮は鎧を撃ち抜くらしい」

「……………」

天満屋孝吉が黙った。

「もっとも問題はそこじゃねえがな」

「えっ……」

続けた扇太郎に、天満屋孝吉が息を呑《の》んだ。

「そのことを御上《おかみ》は知っていたのに、旗本、御家人を変えられなかった。そんな埃《ほこり》を被《かぶ》った道具立てじゃ、薩摩、長州に勝てないとわかっていながら、重い鎧兜と長い槍を取りあげられなかった。いや、取りあげようとしなかった」

「知っていた……」

「幕府にも洋式歩兵はあるんだぜ。かの西洋嫌いの大老井伊掃部頭直弼《いいかもんのかみなおすけ》が殺された直後の文久二年《ぶんきゅう》（一八六二）に陸軍ができた。もっともその前にあの江川太郎左衛門《えがわたろうざえもん》らに命じて、徒組を西洋式教練で鍛えようと老中阿部伊勢守正弘《あべいせのかみまさひろ》さまが手を付けていたんだがな、井伊さまの横槍で止まっていた」

怪訝そうな顔をした天満屋孝吉に扇太郎が告げた。

洋式歩兵は、幕府がフランスの援助を受けて設立したもので、幕府御家人だけでなく、旗本の領民にまで門戸を開いていた。江戸城西の丸下、大手町《おおてまち》、小川町《おがわちょう》、三番町《さんばんちょう》に屯所《とんしょ》が設けられ、当初一万人を定員としたが、天狗党《てんぐとう》の出現、長州征討の影響もあり、四十八組二万四千人まで拡張されていた。

「御上ももう槍や鎧の時代ではないとわかっていて、それでも旗本や配下の大名たちに新式の鉄炮を配れなかった」

「お金がなかったのでございますな」

さすがは商人である。すぐに根っこにあるものを見抜いた。

「ああ、我ら御家人がおけらなのと同じように、御上も空っけつなんだよ。旗本や諸大名に新式鉄炮を揃えろと命じたら、どうなる。大名も旗本も金がない。なにより、新式鉄炮を売ってくれる異国とつきあいがない。金も伝手《つて》もないとなれば、御上にすがるしかなかろう。金を貸してくれならまだしも、異国から新式鉄炮を買って、貸与してくれと言い出すのは目に見えている」

「なるほど」

「それに鉄炮は弾がなきゃ撃てやしねえ。その弾も戦国伝来のものじゃだめなんだぜ。これも異国から仕入れなきゃいけねえ。その金もかかる。金がねえ御上が、延々長州まで行って戦争すると言い出した段階で、負けは見えていたのよ」

扇太郎が語った。

「しかし、よくご存じでございますな」

事情に精通していると天満屋孝吉が感心した。

「おいらも歩兵に引っ張られた口だったからな」

嫌そうに扇太郎が頬を引きつらせた。

「それはそれは……では、長州まで」

「行くわけねえだろう。病気を言い立てて、歩兵の修練中に逃げ出したわ」

扇太郎が手を振った。

「よくぞ、お逃げになれましたな」

洋式歩兵は幕府の急務である。御家人の病気くらいでどうにかなるとは思えなかった。

「なあに、しばらく大人しく修練につきあってからな、鳥居耀蔵《とりいようぞう》のことを口にしてみたのよ」

「鳥居さま……」

天満屋孝吉が絶句した。

鳥居甲斐守《かいのかみ》耀蔵は目付から南町奉行に出世した俊英であった。ただ林大学頭《はやしだいがくのかみ》家の出というのもあって、蘭学《らんがく》、南蛮を毛嫌いしていた。老中水野越前守忠邦の手下として蘭学者たちを弾圧していたが、水野越前守の一度目の失脚のおりに寝返り、敵方にその失政の証拠を横流しした。おかげで水野越前守の失脚に伴う粛清《しゅくせい》は逃れられたが、その再登場のおりに報復され、お家取り潰しのうえ、讃岐《さぬき》へ永の預けとなっていた。

扇太郎は鳥居耀蔵が目付のときに、その配下の小人目付《こびとめつけ》をしていた関係でずっと駒として使われていた。

「蘭学、すなわち洋学嫌いで鳴らした鳥居耀蔵の配下が、洋式歩兵になる。笑い話にもなりゃしねえ。鳥居耀蔵同様の洋学嫌いで修練の最中になにかしでかされては困ると、あっさり病気療養から、お役ご免にしてもらえたよ」

「はあ……御上をだましたとは。榊の旦那が鳥居さまと同じ考えだなんてありえませんのに……」

笑いながら言った扇太郎に、天満屋孝吉があきれた。

「御上にとって、百二十俵の御家人なんぞ、どうでもいいのさ。だから、しっかりと調べなかった。おいらが鳥居耀蔵の足を引っ張ったなんてことは知りゃあしねえ」

扇太郎が笑いを引っ込めた。

「じゃあ、明日でいいな。四つ（午前十時ごろ）前に迎えに来るぜ」

「お手数をお掛けいたしまする」

扇太郎の誘いに、天満屋孝吉が乗った。

三

薩摩藩の下屋敷はいくつもあった。

高輪《たかなわ》、芝新堀端《しばしんほりばた》、中渋谷《なかしぶや》である。そのうち幕初から所持している下屋敷が高輪であり、ここを薩摩藩は浪士たちの居所としていた。

俗に三田《みた》の下屋敷と言われる高輪は、敷地約一万四千六百五坪、北を彦根《ひこね》藩の分家越後与板《えちごよいた》藩井伊《いい》家の下屋敷、南を筑後久留米《ちくごくるめ》藩有馬《ありま》家の下屋敷、西を旗本屋敷に、そして東を東海道に面していた。

「野田と芋川が帰って来ないな」

薩摩藩三田下屋敷の一室で、浪人たちが顔をつきあわせていた。

「矢野《やの》氏、あの二人はどこの担当であったかの」

中年の浪人が問うた。

「浅草寺の東南だったはずだ」

問われた壮年の浪人が答えた。

「ならば、巻き上げた金で、吉原にでも行っておるのでござろう」

若い浪人が気にしなくてもいいだろうと言った。

「いや、それは許されておらぬ」

矢野が険しい声を出した。

「江戸の商家から取りあげた金は、個々で遣わず、一度ここに集めて分配するのが決まりだぞ。まさか、宇垣《うがき》、おぬしも私腹しておるのではなかろうな」

「とんでもない」

疑われた若い浪人が否定した。

「わかっておろう。そうせねば、さほどの合力が望めないところを任されている者の間から不平不満が出てくると。それで一度、我ら浪士隊の結束が崩れかけた。忘れたか、田代《たしろ》と山名《やまな》が斬り合ったことを」

「覚えてござるな。たしか、田代が山名を嘲笑いたしたのでござった。合力の金が少ない、まじめにやっていないのではないかと」

中年の浪人が、わざと口を出した。

「そうだ。怒った山名が田代に斬りつけ、田代は左腕を失って……その後、薩摩藩の裁断があった」

ちらと矢野が下屋敷の庭を見た。そこには明らかに色の違う地面があった。

「………………」

宇垣と呼ばれた若い浪人が息を呑んだ。

「その場に野田と芋川もいた。あれを見たら裏切ろうなどとは考えぬ。明日飢えたかも知れない我らを救ってくれたのが薩摩だ。寝床と飯、それに金までくれる。浅草で稼いだ金は一度全部納めなければならぬとはいえ、後ほど分配される。さすがに吉原で太夫《たゆう》を揚げるわけにはいかないが、品川ならば遊ぶには困らない」

矢野が述べた。

「町方に捕まったのやも」

中年の浪人が危惧した。

「町方役人風情に、我らを捕まえるだけの気概はないだろう」

宇垣が否定した。

「今まではの。だが、あやつらも生きていかねばならぬ。商家を守れなくては、もらえるものももらえなくなろう」

町奉行所の与力、同心が城下の商家などから金をもらっていることは、誰でも知っている。

「やりすぎたかの」

中年の浪人が苦笑した。

「それくらいでないと困る」

浪士たちの控え室に一人の薩摩藩士が入ってきた。

「益満《ますみつ》どの」

矢野が姿勢を正した。

「………」

他の浪士たちもあわてて襟を整えたり、身形《みなり》を気にした。

「いや、そう固くならぬでよい」

藩士が手を振った。

「ではござるが、貴殿は浪士取り締まり役、いわば、我らの上司」

矢野が首を横に振った。

「いやいや、吾が藩と貴殿らはかかわりがございませぬ。ただ、門の出入りを黙認しているだけ。かくいう拙者益満休之助《きゅうのすけ》も浪士取り締まり役などではなく、貴殿らと城下で出会い、意気投合しただけの仲。そうでなければ、薩摩藩は不逞浪士のたまり場だと御上よりお叱りを受けますでの」

益満休之助と名乗った藩士が笑った。

「でござったな」

矢野がうなずいた。

「ところで、なにやらもめ事でござろうか」

座敷に腰を下ろした益満休之助が問うた。

「まだもめ事かどうかもわかりませぬが……」

事情を矢野が語った。

「野田氏と芋川氏が戻って来ない」

益満休之助の顔から笑みが消えた。

「お二人はどの辺りを担当しておられたか」

「浅草の浅草寺門前町より南で、両国橋《りょうごく》を渡る手前までをうろついており申した」

矢野が告げた。

「繁華なところでござるの。そこを任されるくらいであるから……」

「腕はなかなかのものでございましたし、主家を潰された恨みを幕府に抱いておりました」

見られた矢野が、益満休之助に首肯した。

「大金を摑《つか》んで逃げ出した、あるいは変節していなくなったということはまず考えられない……」

益満休之助の表情が険しくなった。

「様子を見に行ったほうがよろしかろう」

「では、わたくしが」

宇垣が腰を上げた。

「いや、待たれよ」

手を広げて益満休之助が宇垣を制した。

「もし、町奉行所が浪人狩りを始めたのであれば、宇垣どのが行かれるのはよろしくなかろう。ここは拙者が参るのが無難であろう」

益満休之助は薩摩藩士である。いろいろあって幕府と敵対関係になったが、それだけに今、江戸で薩摩とことを起こすのはまずい。町奉行所も相手が薩摩藩士となれば、手出しをしてはこない。

「よろしいのか」

矢野が問うた。益満休之助は浪士取り締まりだけでなく、江戸での探索方もやっており多忙である。そのことを矢野は知っていた。

「これも任でござる」

益満休之助が、浪士たちの詰め所から立ち去った。

まだ昼前の四つ（午前十時ごろ）だというのに、両国橋は大勢の人で賑《にぎ》わっていた。

すでに幕府が長州で負けたことも、十四代将軍が大坂で亡くなったことも江戸の庶民は知っている。

「長州が江戸まで攻めてくる」

「江戸の城下が火の海にされるらしい」

怪しげな噂も飛び交い、皆不安に陥っている。

こんなとき、民は他人の集まるところを求める。少しでも他人の姿を見て安心し、真偽のほどは確かめず、ちょっとした話でも耳にしたい。

かつてのように大道芸を見るため、本所深川の岡場所へ遊びに行くため、露天を冷やかしながら暇を潰すためといった浮《うわ》ついたものではなく、集まっている人々の顔色は悪く、雰囲気も重い。

「信心よりも数か」

両国橋を渡って、浅草へ向かいながら扇太郎は独りごちた。

不安ならば神仏にすがれば良い。しかし、それはいつ来るかわからない、どのていどの被害が出るかわからないといった天災にこそ向けられるもので、相手が人、それも長州だ、薩摩だという外様大名だとわかっていれば、話は違ってくる。

「今、長州はどうなっている」

「薩摩が船でいきなり江戸へ攻めてくると聞いたが、本当か」

こういった疑問は神仏では解決できない。

「長州はまだ国境をこえていない」

「薩摩は江戸を攻略できるほどの兵を運べる船を持っていない」

少しでも情報が欲しいがために、人の多いところを目指して出てくる。

橋一つ渡るだけで、本所深川に繋がり、浅草や日本橋にも近い両国は、他人の話を仕入れるのに最高であった。

「またぞろ、強盗浪人が出たそうじゃねえか」

「今度はどこがやられたんでえ」

両国橋の袂《たもと》で職人らしい男たちが話をしていた。

「浅草門前町の志摩《しま》屋が、昨日の朝に」

「志摩屋と言えば、江戸でも指折りの小間物屋《こまもの》じゃねえか。さぞかしごっそりいかれたんだろうなあ」

「でもよ、徒党を組んでの盗賊だと数千両から一万両持っていかれるところだが、強盗浪人だと、せいぜい二百両くらいだろう。志摩屋にしてみたら、二百両くらい、痛くもかゆくもあるめえ」

「まあ、違いねえ」

職人たちが、同情を妬みに代えた。

「みょうだな」

話を聞きながらも歩みを止めなかった扇太郎が首をかしげた。

「二百両というのが、本当かどうかはわからねえ。だが、そうだとしたら、浪人が十二分な金を手に入れながら、天満屋を襲ったとなる」

二百両は大金であった。

世情が騒然となったことで、物価は高騰《こうとう》している。なにより幕府領は西国に多く、そこから運ばれていた米が、長州との戦いで入ってこなくなる可能性が高い。

それもあり、江戸では米が高騰していた。

米の値段が上がれば、他のものも高くなる。かつて一両あれば、一カ月喰えたといわれていたのが、今では二両ないとやっていけなくなっている。

吉原で花魁《おいらん》を揚げて、酒を呑み、美食を喰らっても一夜で三両から五両、看板遊女を一夜貸し切って十両あればいける。

二百両あれば、吉原でそこその花魁を敵娼《あいかた》にして、一カ月は楽しめる。明日どうなるかわからない浪人が、それ以上稼ごうとするとは思えなかった。

「きなくせえな」

扇太郎は嫌な予感を覚えた。

「まあいい。江戸の治安は町奉行さまのお仕事だ。三千石ももらっているんだ。ちゃんと働いてくれるだろうよ」

ぶるっと頭を振って、扇太郎は思案を止めた。

四

表向き古着屋を営んでいる天満屋孝吉は、幕府がおこなう闕所における値踏みと、入札の権利を持っていた。それで闕所物奉行をしていた榊扇太郎と縁ができ、つきあいが続いていた。

「ここだ」

扇太郎がよく似たお仕着せの屋敷が並んでいるなかの一軒を指さした。

「……代わり映えしませんね」

天満屋孝吉がひとしきり、屋敷のたたずまいを見た。

「幕府からの拝領屋敷だぞ。勝手にいじるわけにはいくまいが」

扇太郎があきれた。

「お旗本のなかには、お屋敷をずいぶんとお手入れなさるお方もいらっしゃいますが」

「ありゃあ、将軍の寵臣《ちょうしん》だから許されることだぞ。百五十俵の御家人なんぞ、お目通りどころか、遠くに上様のお姿を拝見さえできねえよ」

幕府も三百年近い歴史を重ねたぶん、腐っていた。将軍は飾りになり、寵臣がすべてを取り仕切る。寵臣が右だと言えば、全員右を向く。将軍に名前を覚えてもらうより、寵臣に気に入られるほうが出世する。

結果、寵臣はおごり、臣下の身分をこえた贅沢をし出す。広く便利なところに屋敷替えをし、金を注ぎこんで造作を替え、庭にも凝《こ》る。旗本の屋敷はすべて幕府からの借りもの、勝手にいじってはならないとの決まりなど、気にもしていない。幕臣の非違《ひい》を監察する目付でさえ、寵臣には手出しをしない。

「なになにという目付がいささか……」

「躬《み》が信頼するそなたを疑うなどいかぬな。では、目付を辞めさせよう」

寵臣から訴えられた将軍は、その通りに動く。

なにせ将軍は寵臣としか触れあわないのだ。旗本の非違を監察する目付の言葉より、寵臣の口を信用する。

将軍のもとに都合の悪い話は届かなくなり、時勢を見抜く手段も力も失った幕府は求心力を失い、とうとう長州や薩摩に反旗《はんき》を翻《ひるがえ》させてしまった。

「おう、榊だ」

苦笑した扇太郎が、矢沢慶吾の門を叩いた。

「……おい、榊だ。矢沢」

しばらく待ったが、門は開かなかった。

「矢沢、おい、慶吾」

扇太郎が門を叩いた。

「……叩くな、門が壊れる」

ようやくなかから応答があり、潜り門からくたびれた顔の男が出てきた。

「慶吾、話していた古物商を連れてきた。浅草で店をやっている天満屋だ。天満屋、こちらが矢沢だ」

「お初にお目にかかりまする。浅草門前町で古着屋を営んでおりまする天満屋孝吉と申しまする。お見知りおきを願います」

「貧乏御家人の矢沢だ。今日は手間をかける。よろしく頼むぞ」

扇太郎の紹介に、天満屋孝吉と矢沢慶吾が挨拶をかわした。

「どうした、ずいぶんと疲れているじゃねえか」

扇太郎が問うた。

「奉公人どもが逃げ出してな。なにもかも一人でしなきゃいけなくてよ」

矢沢慶吾が大きく息を吐いた。

「あの爺《じい》さんもか」

顔見知りの門番を扇太郎は思い出した。

「最初に逃げ出したな。なにせ当家の内情をもっともよく知っているからの。沈む船に乗ってる場合じゃねえとさ。親爺《おやじ》の代から三十年以上いたのによ、冷てえものだ」

矢沢慶吾が瞑目《めいもく》した。

「爺さんが逃げ出したなら、女中も残らねえな」

扇太郎も納得した。

御家人屋敷に勤める女中は、節季ごとに入れ替わることが多かった。

貧乏御家人の屋敷に勤める女中の給金は年に二両、商家への奉公でも収入にあまり変わりはないが、嫁入りのときに差が出た。

すべてではないが、何年も奉公した女中を商家では娘分として嫁入りの支度をしてくれる。武家にはそれがなかった。何年勤めても、武士と町人という身分をこえられず、支度などほとんどなにもしてくれない。

では、なぜ不利な女中奉公をするのか。

武家の女中奉公は、厳しいしつけを受ける。礼儀作法を叩き込まれるところも多い。そしてなにより、武家は出の怪しい者を雇い入れない。

「なになにさまの奥にご奉公をいたしておりました」

経歴として誇れるからであった。

とくに地方から出てきた女にとって、武家奉公の経歴は下手な保証人よりも大きい。ましてや御家人は貧乏でも幕府直参《じきさん》、格だけは諸藩の大名と同じなのだ。

そのおかげで、多少給金が悪くても御家人の屋敷での女中奉公希望者は絶えなかった。もっとも決まった給金なのにもらえなかったり、少なかったりするうえ、当主やその息子《むすこ》からの手出しもある。長くは続かず、短い者は三カ月で辞めていった。

「妻女はどうした」

扇太郎が問うた。

「……知っているだろう」

矢沢慶吾が嫌そうな顔をした。

「お姫さまだったな」

扇太郎も理解した。

「どういうことで」

一人蚊帳《かや》の外だった天満屋孝吉が首をかしげた。

「まあ、会う前に伝えておいたほうがいいか」

「任せる」

目で問われた矢沢慶吾が、扇太郎にうなずいた。

「矢沢の妻女なのだがな、五百石のお旗本の姫なのだ」

「五百石……それはまた」

聞いた天満屋孝吉が目を剝《む》いた。

五百石となれば、旗本でもお歴々になった。

徳川家の家臣で大きな格の差は、将軍に目通りができるか、できないかである。目通りできる者を旗本、できない者を御家人と呼び、その間には大きな溝があった。

概《おおむ》ね二百石をこえると旗本、それ以下が御家人と言われているが、千俵でも目見《めみ》えできない者や、百俵で目見え以上という家もある。

だが、この格は絶対であった。

二百石で御家人という家と、百八十石で旗本の家が婚姻を交わすことはない。旗本にとって、目通りできぬ御家人は人として見ていない。

その矢沢家と五百石の旗本が、縁を結んだ。そこには表に出せない理由があった。

「家の名前は出さぬが、妻女は妾腹《しょうふく》でな。それも当主が女中に手を出して産ませた娘なのだ」

「珍しい話ではございませんが……」

大名でも旗本でも、当主や嫡男が屋敷の女中を気に入り、妾にすることは多い。

「それだけで、娘を御家人にはくれぬ。その母親が問題だったのだ。もちろん、手出しをしたときは普通の商家から奉公にあがった女中だったのだがな……子供を産んだ後で実家が闕所にあったのだ」

「ほう、闕所でございますか」

闕所の競売に加わる天満屋孝吉が、思い出そうとして眉間《みけん》にしわを寄せた。

「拙者が任に付く前だ。おぬしも知らぬのではないか」

扇太郎が述べた。

闕所物奉行と入れ札の権を持つ商人は一蓮托生《いちれんたくしょう》である。扇太郎と天満屋孝吉も互いのことを親よりもよく知っている。扇太郎が知らなくて当然だと告げた。

天満屋孝吉が入札の権を手にしたのは、扇太郎と知り合う前だが、そのころは闕所物奉行に喰いこめるほどの力を持ってはいなかった。

闕所は儲かる。当然、古くから権利を持っている商人が強引に闕所を手にしてしまう。新しい商人は、そのおこぼれをもらうしかない。闕所物奉行と見積もりをおこなう入札商人は金で繋がっているため、新参はなにもできないのが現状であった。

そこへ扇太郎が新しい闕所物奉行として来た。他人が甘い汁を啜《すす》るのをじっと我慢していた天満屋孝吉が飛びついたのも無理はない。

天満屋孝吉は、思い切った金を遣って、扇太郎を自家薬籠中《じかやくろうちゅう》のものとし、その闕所物奉行在任中に荒稼ぎをしていた。

「闕所ということは、重追放以上の罪を犯したと」

「…………」

確認する天満屋孝吉に、扇太郎が確認するような目を矢沢へと向けた。

「今更隠してもしかたねえやな」

矢沢が苦笑した。

「妻の母、側室だった女の兄が、人を殺してしまってな」

「人殺しを……」

聞かされた天満屋孝吉が目を剝いた。

人殺しは重罪なだけに、江戸でもそうそうなかった。

「それも博打場で負けた腹いせに暴れてな。そのときにやはり客で来ていた別の商人を殴り殺したらしい」

大きく矢沢がため息を吐いた。

「それはいけませんね。博打場をやっている無頼ならば、ご慈悲もございましたでしょうが、同じ商人となれば、死罪は免れません」

天満屋孝吉が首を左右に振った。

町奉行所は面倒を嫌がる。殺されたのが無頼ならば、まず放置する。町奉行所にしてみれば、無頼が死んだくらいどうでもいいのだ。いや、悪さをする者が減ってちょうどいいと歓迎するくらいであった。しかし、善良な、博打をする商人が善良かどうかは別にして、普通の庶民が被害者になったときは厳しい。人相書きを江戸中に回して、後を追いかける。

「側室はすぐに家を追い出されたがな、問題はその娘だ。一緒に放り出して、なにかみょうなことでもあったら、旗本の名前が出かねない。そこで、伝手を頼って、そんな女でも嫁に迎えようという旗本を探した。とはいえ、目通りできる旗本は嫌がるわな。名前で生きているような連中に、悪評付きの嫁なんぞ疫病神でしかない。結果、旗本ではなく、御家人へと的は変わり、拙者にお鉢が回ってきた」

「なぜ、そのような女《ひと》を」

天満屋孝吉が首をかしげた。

「……義理があってな。拙者の父親が、その旗本の下で役人をしていた時期があり、ちいと世話になったのだ」

苦い顔で矢沢が告げた。

「なるほど、それで断り切れず……」

事情を察した天満屋孝吉が納得した。

「早速だが、値踏みを頼めるか。そこそこのものはとっくに借金取りに持って行かれたが、いくつか隠し通したものもある」

「拝見いたしまする」

矢沢の求めに天満屋孝吉がうなずいた。

屋敷のなかは、空き家と見間違うほど、なにもなかった。

「夜具も薬缶《やかん》も米櫃《こめびつ》の米も持っていきやがった。まったく人情の欠片《かけら》もねえ」

案内しながら矢沢が借金取りを罵《ののし》った。

「貸したほうも同じことを言っておりましょう」

借りておいて返さず、取り立てに文句を言う矢沢に、天満屋孝吉があきれた。

「そうだけどよ、米くらい残してくれてもいいだろうに」

数日喰ってないと言わぬばかりに、矢沢がお腹《なか》を撫《な》でた。

「…………」

扇太郎は口を出さなかった。

天満屋孝吉の言い分が正しい。だが、それを指摘すると、なら少しは合力してくれてもいいだろうと逆恨みをされるとわかっている。

「なににお金を遣われたので」

ふと天満屋孝吉が問うた。

「うさぎだ」

「……うさぎでございますか。あの」

答えた矢沢に、天満屋孝吉が繰り返した。

「ああ。知り合いからうさぎは儲かると誘われての」

「変わった模様のうさぎは、好事家が千両で買い取ってくれるというやつでございますな」

「よく知っているな。やはり本当だったのだな」

認めた天満屋孝吉に、矢沢が吾が意を得たりと表情を明るくした。

「珍しいうさぎ同士を掛け合わせて、変わった柄の子うさぎを生ませる。うまくいけば、子うさぎは千両、親うさぎも高く買い取られる。実際、それで大儲けをした御家人もいると聞いてな」

矢沢が語った。

「はあぁ」

大きく天満屋が嘆息した。

「どうした、天満屋」

扇太郎が訊いた。

「たしかに、千両の子うさぎは出ましたし、儲けたお方もいらっしゃいましたがね。

それは文化《ぶんか》年間のお話でございましてね。今じゃ、うさぎなんぞ、毛皮を剝ぐくらいにしかなりませんよ」

天満屋孝吉が述べた。

「そんな……長年の知り合いから紹介された商人だぞ。それが嘘偽《うそいつわ》りを……」

「嘘でも偽りでもございませんよ。今は違いますが、昔にはあったわけでございますから」

信じられないと首を振る矢沢に、天満屋孝吉が冷たく言った。

「うさぎの番《つがい》一組で百二十両も出したのだぞ」

「それだけではございませんでしょう。変わった柄を出させるには、普通の草を喰わしていたんじゃ駄目《だめ》だ。特別に栽培したものでなければならないと、餌代《えさ》も要求されたはずですが」

「……そうだ」

矢沢が事情に精通している天満屋孝吉に驚いた。

「これでも浅草で顔役などというのをさせていただいておりますのでね。そういった話をよく持ちこまれるのでございますよ」

天満屋孝吉が珍しいことではないと話した。

「騙りか」

「世間知らずのお方にしか通じない騙りでございますよ。うさぎだったり万年青《おもと》だったり、朝顔だったりともものは変わりますがね。けっこう昔から、出てきては消え、出てきては消えする騙り」

「だまされたというのか、拙者が。金は、金は返してもらえるんだろうな」

顔色を変えた矢沢が天満屋孝吉に迫った。

「難しゅうございますな。うさぎを買ったのは商いでございますからね。互いに納得ずくでうさぎを売り買いして、金を遣り取りした。力ずくで奪われたわけではございませんし……うさぎが千両で売れたというのも、今ではない昔のことというのが抜けているだけで、事実でございますし。それにそのうさぎを売った商人は、もう江戸にはいませんよ。稼ぐだけ稼いで、さっさと逃げ出しておりましょう」

「紹介した者に責任を取らせることは」

「そのへんは、矢沢さま次第でございましょう。うまく交渉に持ちこめれば、いくらかになるかも知れませんな」

矢沢の望みを天満屋孝吉が認めた。

「今から行こう」

「わたくしどもはご一緒いたしませんよ」

「ああ」

誘う矢沢を、天満屋孝吉と扇太郎が拒んだ。

「それはわたくしどもの仕事ではございません。値踏みをするものがないならば、帰るだけでございます。そこまであなたさまに肩入れするだけの理由はありませぬ」

「拙者も同じだな。遠縁だからこそ、天満屋に無理を頼んでやった。さすがに金を取り返すところまではつきあえぬ。なにより、その商人を紹介した者が、騙りに加担していたという証《あかし》はなかろう」

「…………」

矢沢が黙った。

「いかがいたしますか。わたくしもなにかと忙しいもので、御用がなければこれで失礼いたしたいのですが」

値踏みをするかどうか、さっさと決めてくれと天満屋孝吉が矢沢を促した。

「……金は要る」

絞り出すような声で、矢沢が値踏みをして欲しいと言った。

第二章　上下の差

一

長州征伐は失敗に終わった。十四代将軍家茂は大坂で客死、動員された数千の旗本は疲れ果てて江戸へ戻って来た。

「御上のなさることは、よくわかりませんなあ」

未《いま》だ闕所への入札資格を持っている天満屋孝吉が、扇太郎の屋敷へ来て愚痴をこぼした。

「珍しいな、おぬしがため息を吐くなど」

扇太郎がかつて闕所物奉行の執務場所として使っていた玄関脇の座敷へ天満屋孝

吉を通した。

「お旗本の闕所が続いていることはご存じで」

「噂には聞いているがな。すでに闕所物奉行ではないのだ、詳細までは知らぬ」

天満屋孝吉の質問に、扇太郎は手を振った。

「この十日で十五件でございますよ」

「多いな」

聞いた扇太郎が目を剝いた。

扇太郎が闕所物奉行をしていたとき、闕所自体がそうそうはなかった。ましてや旗本の闕所となると、十一代将軍家斉《いえなり》と十二代将軍家慶《いえよし》が権力争いをしたときに巻きこまれた数家があったくらいで、改易を伴う旗本の闕所はないに等しかった。

その旗本の闕所が十日で十五件、これは異常であった。

「なんの罪での闕所だ」

「覚えちゃいませんよ。というより、興味ござんせん。こっちとしては儲けが出ればよいだけなので」

尋ねた扇太郎に、身も蓋《ふた》もない返答を天満屋孝吉がした。

「それはそうだが、じゃあ、何をしに来たんだ」

闕所が十五件もあれば大忙しだろうに、わざわざ無役の御家人に過ぎない榊家を訪れたのかわからないと、扇太郎が怪訝な顔をした。

「下見を二件、手に入れたのでご一緒いただこうかと」

天満屋孝吉が答えた。

「少ないじゃないか、十五件中二件とは」

扇太郎が驚いた。

下見とは闕所となった家の財産を見積もる作業のことだ。闕所の対象となる財産の入札で、最低落札価格を決めるもので、入札の資格を持った商人がおこなった。下見に日当は発生しないが、その代わり気に入ったものをいくつか、入札にかけることなく下見の価格で手に入れることができる。いわば、儲けを保証されたようなもので、入札資格のある商人の間では、下見役を争ってのもめ事が起こるほどの人気であった。

「榊さまがお奉行のときは、わたくしの独占状態だったのでございますがね。今のお奉行さまとは肌合いが悪く……」

闕所物奉行との関係がうまくいっていないと天満屋孝吉がため息を吐いた。

「そいつは不幸だな。誰が喰いこんでいるんだ」

下見役と闕所物奉行は相身互《あいみたが》いである。下見役を選ぶ権利は闕所物奉行にあり、普段からよくしてくれている商人を指名するのが慣例であった。

「ご存じでございますか、茅場町《かやばちょう》の葦屋丹助《あしやにすけ》を」

「葦屋……茅場町の……ああ、古物《ふるもの》買いの親方か」

しばらく考えていた扇太郎が、思い当たった。

古物買いとは、一種の行商人のことをいう。天秤棒《てんびん》を担ぐか、背中に大きな竹や籐《とう》で編んだ籠を背負って、家々を廻って要らないものを買い取っていく。それこそ、割れた鍋からちり紙まで買い取り、それを再利用するところへ売って、その差額を稼ぐ。

割れた鍋などは鍛冶屋《かじ》が溶かして鉄として再利用し、ちり紙などは左官が壁へ漉《す》きこんだりするため、どのようなものでも商いになる。

葦屋丹助は、その古物買いの親方であった。

「おいらが奉行のときは入札の資格を持ってなかったはずだが」

記憶にないと扇太郎が首をかしげた。

「榊さまが闕所物奉行を退かれてから、そろそろ二十年でございますよ。人も入れ替わります」

天満屋孝吉があきれた。

「それもそうだの」

「もっとも葦屋丹助は、三年ほど前に入札の資格をもらったばかりでございますが」

納得した扇太郎に、天満屋孝吉が苦い顔で付け加えた。

「誰かの席が空いたか。入札資格、そのなかでも下見の権利は数が決まっていたはずだが……」

扇太郎が訊いた。

「下谷《したや》の甲州《こうしゅう》屋が闕所になりました」

「入札の商人が闕所だと」

驚きの声を扇太郎があげた。

入札の商人ほど闕所に詳しい者はいない。その入札の商人が闕所になるなど、あり得ていい話ではなかった。

「旦那が死んで、跡を継ぐときに長男と次男がもめましてね。次男が長男を刺してしまったんですよ」

天満屋孝吉が事情を語った。

「そりゃあ、しかたねえな」

扇太郎がなんとも言えない顔をした。

「長男は死ななかったのでございますがね、次男が逃げるときに町奉行所の捕り方に逆らって、怪我《けが》を負わせてしまったのが、御上のご機嫌を損ねたようで」

「町方の役人を傷つけたら、闕所もやむなしだな。三年以上前なら、まだ薩摩浪人もおらず、町奉行所も権威があったしな」

扇太郎が腑《ふ》に落ちたとうなずいた。

兄弟で親の遺産を奪い合う話はどこにでも転がっている。殴り合いの喧嘩《けんか》は当たり前、ときには刃傷沙汰《にんじょうざた》になるときもあった。殴り合いていどならば、町奉行所は手出しをせず、町内の顔役が間に入って手打ちをさせる。だが、さすがに刃物を持ち出すと、町内でことを収めるわけにはいかなくなり、町奉行所が出てくる。とはいえ、畏《おそ》れいりましたと抵抗しなければ、相手が死なないかぎり、しばらく大番屋の仮牢《かりろう》で反省するていどですます。しかし、このときに大人しく同行せず、町方役人に刃向かったら、一気に罪は重くなった。

町奉行所には江戸の城下の治安を担っているとの自負がある。その面目に傷を付けられては、後々に差し障るため、厳しい処分を科した。

「跡取りが決まってなかったのか、不幸だな甲州屋は」

扇太郎が哀れんだ。

「はい。先代が急の病で倒れたので、どちらに跡を譲るという話ができてなかったようで……結果、甲州屋は改易になりました」

天満屋孝吉も感慨深げに言った。

「町奉行所を怒らせたのが、運の尽き……か」

「はい」

二人が顔を見合わせた。

甲州屋の長男は被害者である。本来ならばことは次男だけで終わり、店に影響は出ず、長男が跡を継いで商いを続けていけたはずであった。だが、次男は町奉行所に手向かい、怒らせた。

「跡継ぎが決まっていないのをいいことに、町奉行所は弟を甲州屋の主として扱ったんだな。店の主が人を刺して、そのうえ町方にまで傷を負わせた。死罪とまでは行かなくとも遠島は喰らう」

「そうなりました」

扇太郎の推察を天満屋孝吉が認めた。

「町屋で闕所が出れば、町奉行所にも余得が入るしな」

闕所物奉行をやっていただけに、扇太郎はその裏にも詳しい。闕所となった罪人の財産はすべて入札にかけられ、そのあがりは江戸の辻の補修に使われるため、勘定奉行のもとへと運ばれる。そのときの警固を町奉行所に属している同心ら町方役人が担う。なにせ、闕所物奉行には刀なんぞ握ったこともないという手代しかいないのだ。

これも町奉行所役人たちの仕事とはいえ、他所《よそ》の役所のために働くのだ。相応の対価は要る。

「そこへ、葦屋丹助があらたに加わったと」

「かなり遣っただろうな、葦屋は」

数が決まっていて、絶対に儲かるとわかっている入札資格である。手に入れたいと思っている者は江戸中にいた。

「五百両は出したと踏んでます」

「それはすごいな」

二百俵に満たない貧乏御家人にはおよびも付かない大金に、扇太郎が目を剝いた。

「葦屋が取り戻そうと必死になるのも無理はござんせん」

五百両は礼金という形で出されたのだろうが、そのじつは賄賂《わいろ》に近い。賄賂は出した以上の金になるからこそ、意味がある。

葦屋丹助がなりふり構わず、闕所の見積もりをやりたがるのは当たり前であった。

「なるほど」

事情を扇太郎は飲みこんだ。

「それでもだ、おぬしが黙って譲るとは思えないが」

天満屋孝吉の悪辣《あくらつ》さも扇太郎は嫌と言うほど知っている。

「……おわかりでございましょうに」

嫌そうな顔を天満屋孝吉がした。

「今は派手に動くわけにはいきませんので」

「……このあいだの勤王浪人か」

扇太郎が理解した。

「さようで。葦屋丹助ごときに後《おく》れを取りはしませんが、今はまずい。なにせ、あいつは江戸の古物買いを支配してます。古物買いはどこの路地にでも入りこみ、話を拾って帰りますから」

「敵対したら、訴人されるというわけだ」

「現場を見られちゃいませんがね。いなくなった勤王浪人が最後に見られたのがどのへんかというのを口にされたくはありません。面倒でございましょう」

嫌だ嫌だと天満屋孝吉が首を横に振った。

「町奉行所など、怖くはあるまい。勤王浪人の狼藉《ろうぜき》を取り締まれず、江戸の民から見放されているのだぞ。とても浅草の顔役であるおぬしにちょっかいを出すだけの余裕などあるまいに」

怖がるほどの相手ではなかろうと扇太郎が尋ねた。

「町奉行所じゃありませんよ。そんなもん、端から気にしちゃいません」

天満屋孝吉が強く否定した。

「わたくしがうっとうしいと思っているのは、薩摩でございますよ」

「勤王浪人を裏で操っているという薩摩藩か。手駒《てごま》を町人に片付けられたんでは、たまらないわな」

薩摩藩が江戸の治安を悪くすることで、徳川家の膝元に揺さぶりをかけていることは、周知のことだ。とはいえ、直接藩士に暴れさせては、江戸の町民だけでなく、薩摩藩が気にすべき京の住人も動揺する。薩摩藩士は怒らせたらなにをするかわからないと思われては、後々に響く。

それを防ぐために、見え見えながら薩摩藩は浪人を使っているのだ。その浪人がただの古着屋に殺されては、庶民が怖がってくれなくなり、せっかくの策が根底から崩れる。

「よくわかった」

扇太郎が飲みこんだ。

「旦那さま」

話が一段落付いたのを見計らっていたのか、そこへ扇太郎の妻朱鷺《とき》が茶を運んできた。

「これはご新造さま、ご無沙汰をいたしております。天満屋孝吉でございまする」

「…………」

天満屋孝吉の挨拶に、朱鷺が無言で頭を下げた。

「いやあ、ますますおきれいになられて。お歳《とし》をとられていないようでございますな」

「よせ、天満屋」

世辞《せじ》を続けた天満屋孝吉を扇太郎が制した。

「下がっていい」

茶を置いた朱鷺に扇太郎が告げた。

「はい。では」

短く応えて、朱鷺が出て行った。

「天満屋、勘弁してくれ」

扇太郎が頼んだ。

「申しわけございませんでした。つい、お懐かしかったもので」

天満屋孝吉も気まずそうな顔をした。

「あいつにとって、おぬしは忘れたい過去だ」

「まったくで」

言われた天満屋孝吉が同意した。

朱鷺は旗本百八十石、屋島《やしま》家の長女であった。本来ならばよく似た家格の旗本へ嫁ぎ、子を産み、育てという普通の女としての一生を送るはずだった。

その朱鷺の不幸は、父が身に合わぬ役目に就きたいとの野望を持ったときに始まった。百八十石ていどの旗本ではとても届かない役目に憧れた父は、なんとかしてその職に就けるよう、猟官運動に奔走した。

幕府の役目は旗本の数に比してはるかに少ない。当然、役職の手当や扶持、役高の高い役目は奪い合いになる。

いつの世でも同じだが、出世をしようと思えば有力な人物の引きか、周囲を納得させるだけの能力が要る。そして引きと能力の両方がないとき、代わりに出てくるのが金であった。

朱鷺の父は、金に頼り、無理な借金を重ねた。しかし、望む役目には就けず、結果借財は返せなくなり、朱鷺が身売りをする羽目になった。

そう、旗本の娘ながら朱鷺は、岡場所で春をひさいでいた。

その朱鷺を買った岡場所が闕所にあい、朱鷺も財産として闕所の対象となった。天満屋孝吉は、朱鷺を見積もりの段階で購入、扇太郎を己の自家薬籠中のものとするための賄賂として贈ったのであった。

「今後気をつけましょう」

「そうしてくれ。今のあいつは、榊家の妻女だ」

詫びた天満屋孝吉に、扇太郎が告げた。

「たしか、お子さまが……」

「ああ、ずいぶんとかかったがな、三年前に息子が生まれたわ」

確かめた天満屋孝吉に、扇太郎がうれしそうな顔をした。

「それはおめでとうございまする」

天満屋孝吉が祝いを口にした。

「祝いは不要だ」

「わかっておりますとも。わたくしの名前の祝いなど、ご新造さまが受け取られませぬ」

少しだけさみしそうな顔で天満屋孝吉がうなずいた。

「さて、では行こうか」

「お願いをいたしまする」

扇太郎が天満屋孝吉を促した。

二

一件目は神田駿河町《かんだするがちょう》であった。

「こんなところで闕所か。この辺りはお歴々しかいねえだろう」

江戸城に近い神田駿河町は、大名の上屋敷や名門旗本の屋敷が多い。数百石の旗本がいないわけではないが、それも三河《みかわ》以来の譜代など名誉ある家であった。

「今回の闕所は、小野匠《おのたくみ》さまで」

「小野匠……知らないな」

御家人は旗本とつきあわない。目見えできるかできないかの区切りは、箱根の険よりもこえにくいものであった。

「六百石のお旗本で」

「……六百石」

付け加えた天満屋孝吉に、扇太郎が絶句した。

六百石の旗本となれば、かなりの家柄になる。槍を立て、騎乗できる格式を持ち、役目に就けば布衣《ほい》格を与えられる場合が多い。

「なんで……」

「お聞きになってご覧になればいかがで」

天満屋孝吉が竹矢来《たけやらい》で封じられた門の前に立つ小人目付を指さした。

旗本の闕所は、財産の持ち出しを禁じるため、大門《おおもん》、通用門に小人目付が配置された。身分がもっと高くなれば、徒目付に代わる。

「率爾《そつじ》ながら……」

扇太郎は小人目付に近づいた。

「なにやつじゃ。ここは出入り禁止であるぞ。さっさと立ち去れ」

小人目付が手にしていた六尺棒で、地面を突いた。

「拙者榊扇太郎と申し、かつて同役であった者でござる」

「榊氏……」

小人目付が怪訝な顔をした。

「二十年ほどまえでござる。目付鳥居甲斐守さまのもとで江戸湾巡検にも加わりましてござる」

かつての上司の名前を扇太郎は出した。

「鳥居のもとで……」

鳥居甲斐守耀蔵は、老中水野越前守忠邦の腹心として天保《てんぽう》の改革に走り回っていた。が、水野越前守が失脚するやいなや掌を返して敵となり、結果水野越前守の復権を受けて改易、流罪を言い渡された。

今の鳥居甲斐守は罪人であり、御家人の小人目付が呼び捨てにして当然であった。

「それはご苦労でござったろう」

あれからかなりのときが経つが、いまだに鳥居甲斐守の悪評は色濃く残っている。上司の機嫌を取る代わりに下僚へ辛《つら》く当たることでも有名であった鳥居甲斐守の配下がどれほど苦労したかは、小人目付の間で知られていた。

「昔同役だった誼《よしみ》でお教えいただきたい」

「なんでござる」

小人目付の対応がやわらかくなった。

「小野どのは、なぜ改易に」

扇太郎が問うた。

「ご存じではなかったのでございますか。かなり噂になっておりましたが」

知らないのかと小人目付が驚いた。

「なにせ小普請でございますれば、屋敷から出るより内職をしていたほうが、少しでも金になりますので」

「たしかに外に出れば金を遣うだけでございますな」

薄禄同士である。小人目付が納得した。

「小野は、長州征伐において背を向けたのでござる」

「背を向けた……敵から逃げたと」

小人目付の話に扇太郎は驚愕《きょうがく》した。

旗本は徳川家の家臣である。その先祖はまず徳川家が天下を取るための過程で戦い、命を捨ててきた。その功績が代々の禄となり、二百六十年から受け継がれてきた。いわば、今の旗本は、先祖の流した血で生きている。

榊家もそうであった。御家人、すなわち足軽ていどの軽輩ではあったが、関ケ原《せきがはら》の合戦にも従軍し、先祖のなかには討ち死にした者もいると聞かされてきた。榊家ていどでそうなのだ。

六百石ともなれば、もっと苛烈な思いをして得たはずである。その子孫が戦場で逃げた。

「改易されて当然」

扇太郎はため息を吐いた。

「本人は切腹したのでござるか」

旗本の改易は切腹とひとくくりに近い。なにより戦場から逃げ出した旗本が許されるはずはなかった。

「それが……」

小人目付が声を潜めた。

「長州から逃げ出したまま、行方知れずだそうでござる」

「なんと……」

扇太郎が目を大きくした。

「では、油断できませぬな」

「いかにも。いつ、屋敷に戻ってきて金目のものを持ち出そうとするかわかりませぬでな」

扇太郎の危惧を小人目付が認めた。

「そろそろよろしゅうございますか」

二人の話が一段落付いたとみたのか、天満屋孝吉が口を挟んだ。

「なんだ、そなたは」

あきらかに町人とわかる天満屋孝吉に、小人目付が威圧的な態度を取った。

「小野家の闕所の見積もりを請け負いました天満屋でございまする」

「見積もり……おお、そなたが天満屋か。大目付《おおめつけ》さまより伺っている」

小人目付が警戒を解いた。

「なかを拝見いたしたく、参りましてございまする」

「うむ」

首肯してから、小人目付がふと気づいたように扇太郎を見た。

「貴殿は、天満屋の」

「用心棒みたいなものでござる。昔、闕所物奉行をしておりましたので、そのかかわりでつきあいいたしております」

簡潔に扇太郎が説明した。

「…………」

通して良いかどうか小人目付がためらった。

「お名前をお教えいただけませぬか。後ほどお屋敷へご挨拶に行かせていただきますゆえ」

天満屋孝吉が尋ねた。

小人目付は目付の配下になる。小人目付は目付の臨場などの供をするのが役目で、監察には携わらない。だからといって、さすがに白昼堂々と、それが御上から見積もりを許された御用商人とはいえ、金を受け取るのはまずい。

なれど、世のなかにはいくらでも抜け道はある。屋敷へ行き、家族に渡すぶんには誰もわからないのだ。小人目付も、ものは買う。買ったものを届けに来た商人の出入りまで誰も咎めない。こういった形を取れば、賄賂は渡せた。

「高坂六郎《こうさかろくろう》である。屋敷は深川材木町《ざいもくちょう》だ」

小人目付が告げ、潜《くぐ》り門を開けた。

「ありがとう存じます」

天満屋孝吉が礼を述べ、潜り門を通過した。

「…………」

その後を扇太郎は無言で続いた。

六百石ともなれば、敷地も五百坪をこえる。屋敷もかなり広い。

「なかなかでございますな」

天満屋孝吉が感心した。

「玄関は封じられてますか」

屋敷の門と同様、玄関も竹矢来が組まれていた。

「毎度のことだろう。おいらたちは勝手口から出入りするのが決まり」

扇太郎が苦い顔をした。

闕所は他人の財産を取りあげる行為として、嫌われている。もちろん、闕所は幕府が決めた法度《はっと》なので、表だって反抗する者はいないが、嫌みの一つくらいは聞かされた。

また、金は高潔な武家が触れてはならぬ汚いものだとの考えもあり、闕所にかかわる者は、玄関から出入りさせないとの差別を受けていた。

「まあ、よろしゅうございますよ。こっちは儲けられれば結構で」

天満屋孝吉が淡々と言った。

「裏に回りましょう。ついでに庭も見たいですし」

庭木も闕所の対象になる。天満屋孝吉が促した。

「ああ」

扇太郎は従った。

「なかなかいい庭でございますな。あの松なんぞ、いい枝振りでございますよ。あれなら小梅村あたりに寮を構える商人が喜んで買ってくれましょう。そう、入札は十両からとなりましょうな」

飛び石伝いに裏を目指しながらも、天満屋孝吉の目は値踏みを忘れていなかった。

「こんなご時世に庭木を買う奴なんぞいるのか」

薩摩浪人の襲撃にどこの商人も震えている。こんなときに庭木を愛《め》でようかというう酔狂な者がいるとは思えなかった。

「商人に天下の情勢なんぞ関係ございませんよ。将軍がどなたになろうが、気にもしません。毛利さまでも島津《しまづ》さまでも、わたくしどもは同じことをするだけ」

「……おい、一応おいらも徳川の家人だぞ。少しは気を遣え」

あっさりと述べた天満屋孝吉に扇太郎が文句を付けた。

「そうでしたね」

あっさりと天満屋孝吉が流した。

「まあ、無役での無駄飯喰いには違いねえな」

扇太郎が苦笑した。

「おや、蔵がございますね」

天満屋孝吉が庭の奥に建つ蔵へと近づいた。

「……鍵がかかってますな」

「どれ……」

扇太郎が錠前を摑んで揺さぶった。

「しっかりしている。武具蔵じゃないだろう。今どきの旗本が鎧兜を後生大事に仕舞っているとは思えない」

「となりますと、お金か値打ちのあるお宝……であればいいのですがねえ」

あまり期待していない顔で天満屋孝吉が口にした。

「まあな。長崎奉行か、右筆かでもしてねえと金なんぞたまるはずもない」

扇太郎も同意した。

「どちらにせよ、なかをあらためなければいけません。家のなかに鍵があれば良いのですが……」

改易と決まった旗本の家族は、そのほとんどが親戚に引き取られる。妻の実家や本家が多いが、どちらもいい顔をしない。庶民の連座はなくなったが、旗本には残されている。

よほどの罪でもなければ、親戚筋にまで累《るい》を及ぼさないのが慣例になっているとはいえ、今回は武士としてこのうえない恥晒しなのだ。

「御親征の先手から逃げた者の親戚」

周囲の目は冷たい。そんなところに改易となった家から妻女や子供を引き取らなければならないのは、誰でも嫌だ。

預けられる家族も肩身が狭いどころの話ではない。

互いに気まずい、それを少しでも和らげてくれるのが金である。

生きていくには金が要る。米も喰えば、衣服も着るのだ。無一文で預け先に行けば、まず腹一杯飯は喰えない、衣服も持ち出したものだけで過ごすしかなくなる。そのとき金があれば、なんとかなる。形だけ親戚の家へ引き取られたことにして、町屋を借りてもいい。ほとぼりが冷めるまで待てば、幕府も潰した家の生き残りなんぞ気にもしなくなる。

改易とわかった瞬間、取り乱す者が多いなか、しっかりと金を隠し持って屋敷を出て行く者もいた。

「道具類はそのままのようでございますな。ありがたい」

「持ち出しは許されぬからな」

喜ぶ天満屋孝吉に、扇太郎が気の乗らない返事をした。

調度品も闕所の対象になる。なにより、改易と決まった段階で徒目付率いる小人目付が屋敷の出入りを制限、物品の持ち出しは禁じられる。

懐や袂に隠せる金ならばまだしも、調度品など目立ってどうしようもない。金をかけて別注した簞笥《たんす》や文机も置いていくしかない。

金も本来は取りあげられるが、さすがにそこは武士の情けで見逃される。もちろん、千両箱などは論外だが、紙入れに入るくらいならば見て見ぬ振りをしてくれる。守り刀もかまわない。守り刀は身を処すための道具として見られ、改易の対象にはしないのが、暗黙の決まりとされている。

「金は望み薄でしょうね」

天満屋孝吉が、調度の引き出しを開けてみた。

「着物ですか」

古着屋だけに衣類の目利きは得意だ。天満屋孝吉がすばやく値踏みをした。

「ものはいいですが、いささか柄が古いですねえ。それに世間が騒がしいだけに、着物の売れも悪い。どれも一枚二分というところですか」

「これが二分……ちいとそれはひどいのではないか」

奥方なのか娘御なのかの見分けはつかないが、扇太郎が見てもなかなかの衣装に見える。

「買値でございますよ。売るとなったら……そうですねえ。こちらの振り袖が八両はむつかしいですか、六両の値付けで、実際は四両二分」

「四両の儲けか。ざっと見たところ簞笥が八棹《さお》、着物の数は五十くらいはあるはず。一枚で四両……五十枚で二百両。やりすぎだろう」

扇太郎があきれた。

「いつ売れるか、あるいは売れないかも知れません。商いは確実じゃございませんのでね。それにうちは人が多いので。いろんなところへの鼻薬も要ります。それに榊さまへのお礼もしなければなりませんし」

配下の面倒やらなにやらがあるのだと天満屋孝吉が言いわけをした。

「…………」

己の名前が出ては、扇太郎もそれ以上言えなかった。

「…………」

「この簞笥は……傷があるな。二両。こっちの長持ちは塗りがはげているうえにひびが入っている。これは風呂のたき付けだな」

黙った扇太郎を放置して、次々と天満屋孝吉が作業をすませていった。

「……こんなところですか」

一刻《いっとき》（約二時間）ほどで、天満屋孝吉が値付けを終えた。

「どのくらいになった」

やはり金額は気になる。扇太郎が訊いた。

「全部で入れ札元値が二百二十六両ほどというところでございますな」

天満屋孝吉がざっと計算した。

「このうち、おまえが先買いするのは」

闕所入れ札の値付け役には特権があった。値付けした段階で欲しいものを入れ札にせず、そのまま買い取るというものだ。この特権というか、余得は思っているよりもはるかに大きな値打ちを持っていた。

本来なら百両で値付けするものを一分としてもいいのだ。そして一分でそれを買い取る。まさに丸儲けであった。

もちろん、幕府がそれをそのまま認めることはなく、特権で手に入れられるものは値付けの総額の三分の一まで、あるいは数点までとされていた。

といったところで、これも慣例でしかないので、儲けた金を闕所物奉行に配分すれば、いくらでも融通は利いた。

「道具は要りません。こんな物騒な世では、かさばるものは売れませんから。着物をいくつかと壺を二つ先買いさせていただくつもりでおりまする」

「どのくらいの儲けになる」

「相変わらず、まっすぐに訊いてこられますなあ」

天満屋孝吉が苦笑いを浮かべた。

「まあ、榊さまならいいですがね。そうでございますねえ。着物を五つと壺二つ、あわせて……買値が四両と二分、売値が八十両ほどですか」

「ぼろ儲けだな、相変わらず」

算盤《そろばん》をはじいて見せた天満屋孝吉に、扇太郎が嘆息した。

「少なめでございますよ。もう少し手に欲しいところなのでございますがねえ。今のお奉行さまがちいとうるさいお方でして」

「うるさいとは」

天満屋孝吉のぼやきに、扇太郎が詳細を求めた。

「闕所物奉行ではご満足なさっておられないようで、割り前よりも勘定方へ納める金を増やせと……」

「珍しい男だな」

扇太郎が驚いた。

入れ札での余得という賄賂をもらえる闕所物奉行は百俵内外の御家人にとって垂《すい》涎《ぜん》の的であった。闕所があれば、まちがいなく本禄よりも多い金が手に入る。扇太郎も闕所物奉行のときにもらった金で大きく息を吐けた。

「なんでも、もともと勘定筋のお家柄らしいのですが、先代がちょっと失敗をなさって干されているとか」

天満屋孝吉が説明した。

勘定筋とは、役目に就くときは勘定方という家柄のことだ。他にも大番や先手組などの武力担当になる番方筋などがある。

「返り咲きか。無駄なことを」

扇太郎が小さく首を左右に振った。

「無駄……だと」

天満屋孝吉が扇太郎を見た。

「筋目の家の数より、役目のほうが少ないのは知っているだろう」

「それくらいは」

扇太郎の確認に、天満屋孝吉が首肯した。旗本、御家人全部に役目を与えられるならば、小普請などあるはずはない。

「当然、奪い合いになる。筋目の者だと誰でも、役目への慣れと知識は持っている」

筋目の良さは、その役目を経験した父や祖父から、進め方や独特の慣例などを教えてもらえるところだ。とはいえ、筋目の家ならばどこでもその教育を施すため、優位とまでは言い切れない。言いかたは悪いが、上司から見ればどんぐりの背比べでしかない。

となると欠員が出たときの補充をどう選ぶか。その選択となったとき、最初に外されるのが、傷のついた家柄であった。

「いくら上納金を増やし、手柄顔をしたところで、意味はないとは言わぬが……それよりは、少しでも金をもらって、それを要路に撒《ま》くほうが良いと思うぞ」

「そうなんですがね。それをこちらから言うわけにはいきませんでしょう」

「……なるほどな。教えてしまうと、もっと分け前を寄こせになるな」

扇太郎がすぐに気づいた。

「お役人の欲というのは、際限がありませんので」

天満屋孝吉が頰をゆがめた。

「耳の痛いことだ」

「榊さまは、まともなほうでございましたよ」

「……遠慮がないな」

扇太郎が褒められたとは思えない顔をした。

「さて、出ましょうか。これ以上は用はございません」

「おう」

天満屋孝吉に促されて扇太郎は屋敷を出た。

「ありがとう存じました」

「うむ。終わったか」

一礼した天満屋孝吉に、高坂六郎が安堵の表情を浮かべた。

まずないが、目付の見廻りがあったら、扇太郎を通したことを咎められる。叱られるだけですめばいいが、下手するとお役御免になりかねない。

しかし、その怖れがあっても金の魅力には勝てないのだ。それだけ幕臣の生活は逼迫《ひっぱく》していた。

「さて、一献差しあげたいと思います」

小野家からかなり離れたところで、天満屋孝吉が扇太郎を誘った。

「ありがたい話だがな」

扇太郎が小さな声になった。

「……なにか」

すっと天満屋孝吉も声を潜めた。

「後を付けてくる者がいる」

「……それはまた」

扇太郎の言葉に天満屋孝吉が少しだけ目を大きくした。

後を付けてくる者がいると言われて、後ろを振り向くような素人と天満屋孝吉は違った。

三

浅草という江戸でも指折りの儲かる縄張りを奪おうと考えて、天満屋孝吉を襲い来る者は多い。店にまで押しかけられ、危うく殺されかかったこともある。

「後始末は引き受けますので、やってくださいますか」

天満屋孝吉が返り討ちにしてくれと求めた。

「物騒なことをと言いたいところだが、いたしかたないな」

扇太郎も同意した。

勤王という看板をあげているだけの無頼浪人が闊歩《かっぽ》しだしたことで、刃傷沙汰は珍しいものではなくなっていた。

「研《と》ぎ代くらいは出してくれよ」

「わかっておりますとも」

扇太郎の要求を、あっさりと天満屋孝吉が認めた。

「近づいてきたぞ」

「はい」

背後の足音が大きくなったことを伝える扇太郎に、天満屋孝吉がうなずいた。

「待て、そこな町人」

「なにか」

後ろから声をかけられた天満屋孝吉が、振り向いた。

「出せ」

いきなり手を突き出したのは、まさに尾羽うち枯らしたといった風体の侍であった。

「どちらさまで」

さすがの天満屋孝吉も唖然《あぜん》とした。

「小野じゃ、小野。そなたらが出てきた屋敷の主、小野匠じゃ」

「……それは」

「ほう……」

名乗った侍に天満屋孝吉と扇太郎が驚いた。

「吾が屋敷から持ち出したものを返せ」

小野匠が突き出した手を上下に揺さぶって、急《せ》かした。

「なにも持ち出しておりませぬが」

天満屋孝吉が否定した。

「なにを言うか、卑しき商人が無人の屋敷に入って、手ぶらで出てくるはずなどなかろう。金を持ち出したに違いない」

小野匠が憤った。

「失礼でございますが、まことの小野さまで」

天満屋孝吉が確認を求めた。

「当たり前だ。小野匠は吾《われ》である」

小野匠が胸を張った。

「証《あかし》はお持ちでございますか」

「……証、そんなものはない」

確認された小野匠が首を横に振った。

「さようで」

小さく天満屋孝吉が肩を落として見せた。

「なんだ」

しっかりと小野匠が気づいた。

「ご本人との証明ができれば、捕まえて御上に差し出し、褒美をもらったところですのに。まったく儲けの出ない闕所の足しにできるかと思いましたのに」

「きさまっ」

ため息を吐いた天満屋孝吉に、小野匠が驚愕した。

「旗本たる吾を商品のように扱うなど、言語道断だ。慮外者《りょがいもの》めが」

小野匠が天満屋孝吉を怒鳴りつけた。

「慮外者はそちら。お屋敷に竹矢来が組まれていたのはご覧になりましたでしょう。そう、小野家は改易になり、あなたは士籍を削られた。旗本どころか侍でさえない」

最後の口調を天満屋孝吉が変えた。

「な、何を申すか。小野家は三河以来の……」

言い返していた小野匠の声がすぼんだ。

「戦場から逃げ出したとか。それでよく江戸へ帰ってきたな」

扇太郎もあきれた。

「誰だ、おまえは」

口を出した扇太郎に、小野匠が不審げな顔をした。

「幕臣、榊扇太郎。貧乏御家人よ」

扇太郎が幕臣と名乗った。

「御家人風情が……」

反駁《はんばく》しようとした小野匠が力なくうつむいた。

「……わかってはいた、わかっていたのだ。江戸にもう吾の居場所はないと」

うつむいたままで小野匠が言った。

「逃げ出した以上、戻ることはできないのが、武士だろう」

扇太郎が険しい目で小野匠を見た。

「おまえにはわかるまい。戦場を経験していないおまえにはな」

小野匠が暗い顔で続けた。

「人が死ぬのだぞ、戦場では。昨日、一緒に酒を酌み交わした者が、頭半分を吹き飛ばされて転がっている。近くで砲弾が破裂したのか、腹から臓物《ぞうもつ》を垂れ流しながらうめいている者もいる」

「それが戦だろう」

小野匠の話に、扇太郎が当然だと述べた。

「人と人が殺し合い、勝ったほうがすべてを奪う」

「…………」

不思議そうに首をかしげた扇太郎を、小野匠が無言で見つめた。

「そうだ。それが戦だ。だが、それは人と人の間でおこなわれた。それが今回は違った」

小野匠の雰囲気が変わった。

「どう違ったのだ」

扇太郎は興味を持った。

「武士の戦いは、互いに名前と命を懸けてのものだった。そうだろう、戦場で華々しい手柄を立てて、褒美をもらい禄を増やす」

「たしかにそうだな」

小野匠の言い分を扇太郎は認めた。

「そんなもの、どこにもなかった。まだ鉄炮はいい。関ヶ原のころもあったし、当たらなければどうというものでもない。しかし、大筒は違う。あれは当たらなくとも周囲の味方を吹き飛ばす。手の届かないところから、いくらでも飛んでくる大筒の玉はいかん。かわす意味もなく、太刀や槍で受け止めることもできぬ」

小野匠が首を左右に振った。

「敵の姿さえ確認できないうちに、こっちはもうぼろぼろだ。武士らしく一騎打ちをと叫んでも、返ってくるのは鉄炮か、大筒の玉。あれは戦場ではない。ただの処刑場ぞ」

「そこまで……」

戦場である長州ははるかに遠く、江戸にいては戦いのことなど何一つわからない。

「槍一筋で来た小野家が、代々の槍が、先祖の功を支えた鎧が、なんの役にも立たない。名もなき足軽や百姓兵に殺される。幕府三百年の歴史はなんだったのだ」

小野匠が泣いた。

「吾は旗本ぞ、武士のなかの武士ぞ。それが百姓の撃った大筒で殺される。こんなことがあってよいはずはない」

「榊さま……」

地に崩れた小野匠を見下ろしながら、天満屋孝吉が扇太郎に声をかけた。

「わからんでもないな。拙者も剣で撃ちあって負けて死ぬならば、納得できようが、見えもしない遠くから、防ぎようのない攻撃を受けて殺されるのは勘弁だ」

扇太郎は小野匠の悲痛さに同感していた。

「だが、それと逃げ出すのは別だ。戦場は武士のもの、それを捨てたかぎり、貴君は旗本ではない」

「わあああああ」

あらためて扇太郎に宣言された小野匠が号泣した。

「行こう、天満屋」

「はい」

泣き崩れている小野匠を置いて、扇太郎と天満屋孝吉は歩き出そうとした。

「ちいと、冷たいのと違うかの」

二人の前に、侍が立ち塞がっていた。

「どなたさまで」

天満屋孝吉が鋭い目つきで侍を睨んだ。

「さすがは浅草の顔役、天満屋だ。小便をちびるかと思ったぜ」

江戸者のような話し方で、侍がおどけた。

「わたくしのことをご存じ」

「江戸で一番とも言われる顔役を知らないはずなかろうが。もっとも、そちらの御《ご》仁《じん》は存じねえがな」

侍が扇太郎に顔を向けた。

「己が誰かさえ言わない奴に、名乗る義理はねえな」

扇太郎は拒んだ。

「おう、こいつは失礼をした。拙者、薩摩藩江戸詰藩士、益満休之助と申すもの、以後お見知りおきを願いたい」

武家らしく益満休之助が名前を告げた。

「薩摩藩士……」

天満屋孝吉が苦い顔をした。

「承った。拙者は幕府家人榊扇太郎」

名乗られたならば返すのが礼儀である。扇太郎は身分と名前だけを口にし、よろしくとは言わなかった。

「お旗本でござったか。それはお見それをした」

益満休之助が敬意を表した。

「行こうか、天満屋」

うさんくさそうな益満休之助を扇太郎は避けた。

「さようでございますな。では、ごめんを」

同じ思いだったのか、すぐに天満屋孝吉も同意した。

「戦場はもう武士のものではなくなった」

益満休之助が独り言のように述べた。

「これからの戦いは、誰もが参加するものになる」

「誰もが……」

扇太郎は気になった。

「女子供もか」

「そうでござる。女子供が撃った鉄炮でも、その玉は敵を殺す」

「女子供を戦場に出すと……」

益満休之助の言葉に、扇太郎は引っかかった。

「生きるためにならば、致し方なかろう。まさか、貴殿は女子供は抵抗せず、黙って殺されておけと言われるのではなかろうな」

「………」

詭弁《きべん》だが正論には違いない。扇太郎は黙った。

「もっとも、女子供を戦場に出すようになれば、それは負け戦でござるがな」

益満休之助が首を横に振った。

「ああ」

戦場に行くのは男の仕事、いや、武士の仕事だと扇太郎は思っていた。扇太郎は妻の朱鷺と幼い子を守るためであれば、戦場に行ける。

「ですが、女子供でも戦えましょう。なにも敵とやり合うだけが戦ではございませぬぞ。戦には小荷駄《こにだ》というものがござる。兵士が喰う米、使う矢玉などを作るのも戦争」

「……むう」

扇太郎はうなった。

「それが長州にはできていた。対して徳川家には、その覚悟も準備もなかった。それが今回の戦を分けた」

「なるほど。心構えの差ですか」

天満屋孝吉が納得した。

「そうだ」

益満休之助が首肯した。

「御説、たしかに伺いました。では、参りましょう、榊さま」

「……………」

天満屋孝吉に促されて、扇太郎は無言で足を運んだ。

「よろしいかの」

背を向けた二人の後を益満休之助が付いてきた。

「……………」

扇太郎も天満屋孝吉も返答をしなかった。

「浅草の顔役である天満屋に聞きたいのだが、少し前に浪人が二人、やってこなかったか」

「浪人なんぞ、掃《は》いて捨てるほどいますからね、二人くらい覚えちゃいませんよ」

振り向かず、天満屋孝吉は益満休之助の問いを否定した。

「こいつはしくじった。たしかにそうだ」

益満休之助がわざとらしく手を叩いて見せた。

「勤王浪人二人だ。金を集っていたはずだ」

「それならば、知ってますよ」

天満屋孝吉が今回は肯定した。

これは顔役として当然のことだったからだ。顔役というのは、縄張りにしている土地に責任を持つ。なかでのもめ事の仲裁はもちろん、外からの脅威にも対応しなければ、とても顔役として、町内から金を集めることなどできない。

「お店の名前は出せませんが、二軒、金を脅し取られたと報《しら》せがございました」

「おおっ。その浪人二人がどうなったかは」

益満休之助が間合いを詰めてきた。

「存じません」

「えっ」

知らないと答えた天満屋孝吉に、益満休之助が唖然となった。

「ことを聞いて、金を取り戻すべく配下の者たちを走らせましたが、見つけられませんでしたので」

天満屋孝吉が告げた。

「どこへ行ったかは」

「あるていど予測はできておりますが、縄張りをこえての手出しはできません」

さらに突っこんで訊いてきた益満休之助に天満屋孝吉が首を左右に振った。

「どこか教えてくれ」

益満休之助が求めた。

「なぜ、あなたさまへお教えせねばならないのでございますか。お知り合いだとでも」

ようやく足を止めて、天満屋孝吉が問うた。

「それは……」

今度は益満休之助が詰まった。

「益満さまと言われましたな。薩摩のお方。伺えば、薩摩藩では浪人を囲い込んで、江戸中の商家から金を集められているとか」

天満屋孝吉が益満休之助に振り向いた。

「たしかに勤王の志《こころざし》厚き者には手を差し伸べておるが、薩摩が浪士たちに金を持ってこいと命じたことなどはないぞ」

浪士が屋敷にいることを認めながらも、益満休之助は悪事について否定した。

「それは残念ですな。お認めいただいたなら、二軒の店が取りあげられた金、合わせて百三十四両、薩摩さまにご負担いただこうかと」

浪人の後始末をさせると天満屋孝吉が言った。

「そのようなことは決してない」

あわてて益満休之助が否定した。

「ならばなぜ、お問いになられましたか」

天満屋孝吉が身体ごと益満休之助に向き直った。

「それはだな……」

益満休之助が答えを思案し始めた。

「…………」

すっとその背後を断つように、扇太郎が動いた。

「……っ」

益満休之助が息を呑んだ。

「返答次第では、ちいと困ったことになりますよ」

勤王浪人は縄張り荒らしと同じで、地元を束ねる親方にとって、目の敵《かたき》であった。

「それは……」

言いわけを考える振りで益満休之助が、腰を落とした。

「やめとけ、無駄に死ぬことはない」

扇太郎は居合いを遣おうとした益満休之助に、警告した。

「おぬしが抜くより、こちらが斬るほうが早い。鯉口《こいぐち》はすでに切っている」

鍔《つば》を揺らして音を出し、扇太郎がいつでも抜けると表明した。

「うっ……」

益満休之助がうめいた。

「都合が悪くなれば、口封じですか。どうやら、二人の浪人は薩摩浪士のようでございますな」

「…………」

もう否定はできなくなっている。益満休之助が黙った。

「では、被害と詫びの金を合わせて二百両お持ちくださいな。それまでは、薩摩のお方は浅草へ足を踏み入れられないようにお願いしますね。うちには血の気の多い若い奴が一杯おりますので」

天満屋孝吉が口の端をつり上げた。

「榊さま」

「益満、太刀の鍔に下げ緒を結べ」

行こうと三度誘った天満屋孝吉にうなずきながら、扇太郎は警戒を止《や》めてはいなかった。

「それとも太刀をそこの水路へ捨てるか」

敵となった者をそのまま放置するほど、扇太郎は甘くはなかった。

「わかった。これは国を出るときに、父がくれた大事なものだ。捨てるのは勘弁してくれ」

益満休之助が従うと言った。

最近、世相が物騒になったこともあり、太刀の値段は高騰していた。銘刀と呼ばれるものから、なまくらまで軒並み数倍の値段になっている。水路に捨てたくらいならば、すぐに見つけ出せるが、水を吸った拵《こしら》えは代えなければならず、鞘もまず使えなくなる。刀身を錆《さ》びないように手入れするのも手間がかかる。益満休之助があきらめたのも無理のないことであった。

「左手で下げ緒を解《ほど》け……そうだ、そのまま鍔の穴に下げ緒を通し、帯へくくりつけろ。もっときつく団子を作れ」

扇太郎は厳しく命じた。

「ああ、これでは下げ緒を切らねばならぬではないか」

情けなさそうに益満休之助が言った。

「他人を斬ろうとしたのだ。それくらい我慢しろ。脇差《わきざし》もだ」

泣き言を扇太郎は聞かなかった。

「……これでよいか」

益満休之助が扇太郎のほうへと向いた。

「よかろう」

扇太郎がすっと益満休之助の逃げ道を空けた。

「行け」

「……まったく、やられたわ」

益満休之助が苦笑しながら、扇太郎の前を通り過ぎた。

「待たせた、天満屋」

「いえ」

鯉口を閉じた扇太郎が、天満屋孝吉を促して去っていった。

「……喰わせ者どもが」

その背中を見送りながら、益満休之助が吐き捨てた。

四

二軒の闕所は、天満屋孝吉の思ったほどの金にはならなかった。

「申しわけありませんが、これでご辛抱を」

扇太郎を用心棒代わりにした代金として、天満屋孝吉は小判を二枚出した。

「いや、助かる」

扇太郎は小判を押しいただいた。

「諸式《しょしき》が上がってな、とても俸禄だけでは喰えぬ」

世情が不安になると商人はものを売り渋る。となれば、商品が市場から少なくなり、値段が高くなった。

「今年はまだよろしゅうございましょうが、来年、どうなりますやら」

天満屋孝吉も難しい顔をした。

「浅草の米蔵が満ちますかね」

「怖いことを言うてくれるな」

嘆息した天満屋孝吉に、扇太郎が震えた。

浅草の米蔵は、幕府領から集められる年貢を預かる。知行所を持っていない旗本、御家人、小者の扶持、役人に与えられる役扶持は、浅草米蔵から配布された。

しかし、年間数十万俵の米が集まるが、幕府領は稔《みの》りの良い西国に多い。その西国が長州や薩摩によって横領されているのだ。東国や関八州の年貢だけでは、米蔵の三分の一も埋まらない。

それは扇太郎に家禄がもらえないと脅したも同然であった。

「だが、そうなんだな」

さすがに徳川《とくがわ》も将軍の面目がある。西国の領地を押さえられたからといって、禄を払わないとは言えなかった。年貢は米だけに、凶作もある。今年は米が穫《と》れなかったから禄を半分にとはいかないのだ。そのために江戸城内や各地の米蔵に相応の備蓄があった。

「戦費で米も使い果たしただろう」

二度の長州征伐は、幕府にとって大きな負担であった。とくに今回の征長には将軍家茂も出たのだ。

将軍を江戸から大坂へ動座させる。これには膨大な手間と莫大な金がかかった。

まず、将軍外出の警固を担う書院番組と身の回りの警衛を担当する小姓《こしょう》番組の帯同、御駕籠《かご》の先を確認する伊賀組《いがぐみ》同心、先手組《さきてぐみ》、大番組《おおばんぐみ》などの供揃いだけでも数千人をこえる。その旅費は幕府負担であった。

さらに将軍が寝泊まりする場所の整備もしなければならない。大名のように本陣宿に泊まってとはいかないのだ。本陣宿ていどの規模では、とても将軍とその警固を収容しきれないため、歴史のある寺院などを使用することになる。当然、将軍が泊まるだけの用意をしなければならず、畳はすべて新調、襖《ふすま》や障子も張り替える。基本は宿所となった寺社の負担だが、幕府もなんらかの援助はしなければならず、その費用も要る。

他にも道中の名刹《めいさつ》、由緒ある神社には立ち寄って戦勝祈願《きがん》をしなければならず、そのお布施《ふせ》、祈願料も馬鹿にならないのだ。

「倹約しねえとまずいな」

扇太郎と朱鷺、子の三人暮らしなので、さほど金を遣うわけではないが、それでも家禄だけでは厳しいのだ。だからこそ、扇太郎は天満屋孝吉の手伝いをして礼金をもらって、家計の足しにしている。それでようやっとやっていけているだけに、禄米の減額、停止は死活に直結した。

「それよりも逃げ出す算段をなさったほうがよろしくはありませんかね」

天満屋孝吉が浪人になれと勧めた。

「喰っていけねえだろう」

扇太郎が首を左右に振った。

「……ふうう」

「どうしたい」

大きなため息を吐いた天満屋孝吉に、扇太郎が怪訝な顔をした。

「榊さまでも、お武家の考えかたから離れられないのでございますね」

天満屋孝吉が慨嘆した。

「武家の考えかた……禄を捨てられないということか」

「さようでございますよ。たしかに禄はありがたいものでございましょう。一度ももらったことのない、わたくしでもわかりまする。来年を保証されている安心が、どれほど大きいかと」

確認した扇太郎に天満屋孝吉が告げた。

「ですが、それに頼り切っているのは、いかがなものでしょう。今回の長州征伐敗北もそこに原因があると思われませんか」

「………」

言われた扇太郎が黙った。

「噂ですが、今回長州が出してきたのは奇兵隊《きへいたい》とかいう百姓兵だというじゃありませんか。いかに装備が新式でも、百姓が武士に勝つ。こんなことがありますかね」

「通常ならばないというところだな」

扇太郎が認めた。

「百姓が強くなった……それとも」

「……武士が弱くなった」

「はい」

答えた扇太郎に天満屋孝吉がうなずいた。

「武士は戦う者でございましょう。その武士が弱くなったのは……」

「禄のせいだな」

扇太郎が認めた。

「働かずとも喰える。そうなれば、誰が苦しい修業を重ねて武術の鍛錬などするものか。毎日、遊んでいても決まっただけの米はもらえ、子供に受け継がしていけるのだからな」

「その点、百姓や職人、商人は違います。親から受け継いだ田畑があっても、耕さなければ米は穫れず、親が名人と讃《たた》えられる職人でも息子は修練を積まないと仕事はもらえない。商人も同じ、親から受け継いだ店を繁盛させなければ、潰れて路頭に迷うだけ」

一度天満屋孝吉が言葉を切った。

「そしてなにより違うのは、我ら庶民は努力しただけ報われると知っている。田畑は手を入れれば入れただけ良く稔り、職人は技を磨いたぶんだけ評価が上がり、商人は頑張った結果は儲けに跳ね返る」

「はあぁ、武家だけか、甘えていたのは」

扇太郎が納得した。

「おわかりなのでございましょう。賢い榊さまのことです。もう、武家の時代ではなくなったと」

「………」

扇太郎が頬をゆがめた。

「幕府は倒れますよ」

「……だろうな」

少し考えて扇太郎は、天満屋孝吉の意見に賛成した。

「お旗本の禄はどうなりますか」

「なくなりはしないだろう。幕府は潰れても徳川はある」

扇太郎は徳川家がなくなるとは思えなかった。百万石の前田でさえ、足下にも及ばない領地を持ち、八万騎は大げさだが数万をこえる旗本、御家人を擁しているのだ。いかに薩摩、長州が手を組んでも、江戸城を落とせるはずはなかった。

「それはわたくしもそう思いますがね。徳川のお家は続くでしょうが、領地はいかがでしょう。西国を失ったら百万石ていどしか残りますまい」

「だろうな」

「四分の一ですよ」

同意した扇太郎に天満屋孝吉が止《とど》めを刺した。

「禄も四分の一にされるか」

想像した扇太郎が息を吐いた。

「甘いですよ」

扇太郎の嘆きを天満屋孝吉が切って捨てた。

「お偉い方が、禄の四分の三を減らされることに耐えられますか」

天満屋孝吉がじっと扇太郎を見た。

「無理だな」

即座に扇太郎が応じた。

人というのは、一度覚えた贅沢を捨てられない。白米の味を知った者は、玄米では辛抱できなくなる。綿入れの夜具で寝た者は、襦袢《じゅばん》一枚を寝間着として冬を越せなくなる。千石を得ていた旗本が二百五十石に減らされる。それは白米を玄米に、綿入れを襦袢に替えるに等しい。

「お偉いさまは半知でも嫌がられましょう」

半知とは禄を半分にすることだ。千石ならば五百石になる。天満屋孝吉が続けた。

「それでは石高が足りなくなる。そうすればどうなります」

「力のない御家人を放逐する」

苦々しい口調で扇太郎が天満屋孝吉の問いを受けた。

「生活《たつき》の道を探さねばならぬの」

扇太郎が結論にいたった。

「そこで榊さま」

天満屋孝吉が真摯な表情になった。

「わたくしのお手伝いをしていただけませんか」

「手伝いならばしているぞ」

今もそうだと扇太郎が首をかしげた。

「日極《ぎ》めじゃございません。月極めでお給金をお支払いします。わたくしの身柄をお守りいただきたいのでございます」

天満屋孝吉が語った。

「おぬしの身ならば、配下の者たちがいるだろう」

扇太郎が理由を問うた。

「先ほど、わたくしは幕府が倒れると申しました」

「聞いたな」

話し始めた天満屋孝吉に、扇太郎が首肯した。

「江戸はどうなりましょう」

「変わるまい。江戸は徳川の城下町だ」

訊かれた扇太郎がためらうことなく口にした。

「違いましょうよ。江戸は徳川から取りあげられまする」

「なにを言う。江戸は神君家康《いえやす》公が……」

そこまで言って扇太郎が詰まった。

「江戸は徳川父祖《ふそ》の地ではない。父祖の地三河から太閤豊臣秀吉《たいこうとよとみひでよし》によって移されたところ」

「はい」

天満屋孝吉が首を縦に振った。

「次の天下人が、徳川を移すと命じたらどうなります」

「江戸は徳川が三百年にわたって支配した土地だ。城下の発展も、江戸城も徳川が造りあげたもの、それを……」

「お気づきになられたようでございますな」

天満屋孝吉が扇太郎を見つめた。

「天下の堅城をそのまま徳川に持たせてくれるほど、長州や薩摩は優しくございますまい」

「攻めてくると申すか」

扇太郎が息を呑んだ。

「少なくとも薩摩はそのつもりでおりましょう。でなければ、薩摩浪人など使いませぬよ。江戸の治安を悪化させて、幕府の足下を揺るがせるという策でしょうが、悪手でございますよ」

「どこがだ。徳川の弱体を謀《はか》る妙手であろう」

天満屋孝吉の言うことを扇太郎は理解できなかった。

「おわかりではございませんか。今、わたくしが申しましたでしょう。薩摩浪人と」

「薩摩浪人……あっ」

扇太郎が声をあげた。

「江戸の庶民は浪人の後ろに薩摩藩がいると知っている。薩摩藩は碌なことをしないと江戸庶民に嫌われる」

「その通りでございますよ。これから先、江戸へ攻め入るとき、評判が悪い薩摩藩だと、庶民が味方してくれません。どころか足を引っ張るでしょう。ものを売らない、売るにしても値段をつり上げるなど、決して優位にはなりません」

天満屋孝吉が説明をした。

「ううむう。薩摩藩はなぜ、そんなまねを」

扇太郎はより深い謎に落ちた。

第三章　浪士の命

一

消えた二人の手がかりを求めて、今日も出歩いていた益満休之助は、三田の薩摩藩下屋敷に戻ったその足で浪人たちの控え室へと入った。

「お帰りか、益満どの」

所在なく寝転がっていた浪人たちが起きあがって、益満休之助に頭を下げた。

「ちと頼みがある」

益満休之助が、たむろしている浪人たちに話しかけた。

「なんでござろう」

「お手伝いをするにやぶさかではござらぬぞ」

浪人たちが応じた。

「浅草に行ってもらいたい」

「……浅草」

「それはよろしゅうござるが……」

益満休之助に言われた浪人たちが顔を見合わせた。

「浅草は……」

「あの二人は死んだ」

担当が違うだろうと言いかけた浪人に、益満休之助がかぶせた。

「……死んだ」

浪人たちが啞然とした。

「浅草の顔役、天満屋に手出しをしてやられた。いや、証はないが、まずまちがいはない」

益満休之助が語った。

「顔役とはいえ、たかが無頼。我らの腕には敵《かな》うまいと存ずるが」

年嵩の浪人が首をかしげた。

「向こうも武士を使ったらしい」

「流行《はやり》の用心棒というやつでござるか」

益満休之助の予想に、浪人たちが顔を見合わせた。

「面倒でござるな」

「たしかに」

勤王浪人の集りが増えて以来、ちょっとした商家は腕の立つ浪人を用心棒として雇うようになった。一日あたり一分ほどの給金が要るとはいえ、勤王浪人の被害に遭えば、百両、二百両を奪われる。なにより、用心棒がいるとわかれば、勤王浪人は寄りつかなくなる。それを考えれば安い出費であった。

「その用心棒を討ち果たしてもらいたい」

「天満屋ではなく」

益満休之助の求めに、浪人が首をかしげた。

「ああ。天満屋にはまだ手出しはせぬ」

「それはなぜでござる」

浪人が問うた。

「見せしめになってもらうためだ」

「一罰百戒でござるな」

浪人が納得した。

「そうだ。浅草で勤王の志士が無下《むげ》に討たれた。勤王はこの国に住まう者すべてが戴《いただ》いておかねばならぬ真《まこと》である。その勤王に傷を付けた者には、相応の報いが落ちる。これを無知蒙昧《もうまい》な江戸の庶民たちに見せつける。それには、浅草はちょうどいい」

「物見高い連中が浅草には多いからでござるな」

益満休之助の策を浪人が受け入れた。

「さよう。浅草で勤王の志士へ逆らうとどうなるかを見せつければ、今後江戸での集金は容易になるであろう」

「それはありがたいことだ」

浪人たちが喜んだ。

「そのためには、まず天満屋の用心棒を始末せねばならぬ」

用心棒は薩摩浪人を排除する力でもある。益満休之助が浪人たちを見つめた。

「誰がやってくれる」

「益満どのよ。名乗り出た者への褒賞はなにをくださるのかの」

募集した益満休之助に、浪人が問うた。

「名乗り出ただけではなんにも渡せぬ。用心棒を討ち果たしたときでなければの」

生きていくために勤王という衣装を着ているだけで、その志などまずないのが薩摩浪人と呼ばれる連中である。わずかな金のために、人を欺くなど平気でやってのける。益満休之助は、言質《げんち》を取られないように言葉を選んだ。

「…………」

褒賞をくれと言った浪人が鼻白んだ。

「では、その用心棒を討ち果たした者には、なにを」

「浅草での上がり、その半分を与えよう」

「……浅草の半分」

問うた浪人が目を剝いた。

浅草は日本橋ほど大店《おおだな》が軒を並べているわけではないが、浅草寺や吉原があるおかげで繁華であり、そこで店を開いている商家もかなり裕福であった。その浅草から巻き上げた勤王の軍資金の半分ともなれば、やりよう次第で月に百両はこえる。

「真であろうか」

「本当にもらえるのか」

浪人たちがざわついた。

「嘘偽りは言わぬ」

そう言って益満休之助は、太刀の鍔に小柄《こづか》を当てて音を二度立てた。

「金打《きんちょう》……」

その音色に浪人たちが驚いた。

金打とは、武士が約束を誓うときにおこなう儀式である。やり方には他の方法もあるが、これを破ったときは切腹すると表現したも同然であり、まさに命を懸けた誓いであった。

「拙者が承ろう」

「いや、儂《わし》が」

「吾こそ、至適《してき》」

浪人たちが餌に喰いついた。

「ふむ、さすがに希望者全員というわけにはいかぬでの」

益満休之助が困った顔をした。

「ここは、拙者にご一任いただこう」

「結構でござる」

「貴殿にお預けいたそう」

人選はこちらでと言った益満休之助に、浪人たちが納得した。

「では、江頭《えがしら》氏と尾形《おがた》氏、名取《なとり》氏のお三方にお願いいたそう」

「おう」

「任せられよ」

「無念」

「なぜ、あやつらが」

益満休之助の人選に歓喜と悲喜が交錯した。

「腕と容赦なさで選んだ。文句はあるまい」

根に持ちそうな浪人たちに、益満休之助が凄《すご》んだ。薩摩藩で浪士の取り締まりをしている益満休之助に逆らえる者はこの場にいなかった。

「…………」

睨まれた浪士が目をそらした。

「で、用心棒は天満屋におるのでござるな」

気にせず、選ばれた一人の江頭が、益満休之助に問うた。

「いや、天満屋にはおらぬ。たまには来るのだろうが、普段は深川安宅《あたけ》町におる」

益満休之助が首を左右に振った。

「用心棒がいない……」

「それは妙な」

尾形と名取が怪訝な顔をした。

店にほとんどいない用心棒など、なんの意味もない。店に勤王浪人がいつ来るかなどわからないのだ。それこそ住み込みで待機していなければ、対応はできない。

「その用心棒は、浪人ではないのだ」

「浪人ではない……」

「庶民だと言われるか」

尾形と名取が一層混乱した。

「いやいや、そやつはなんと徳川の家人なのでござる」

「旗本……」

益満休之助の言葉に、江頭が絶句した。

「旗本というほどの身分ではなく、御家人でしかないのでござるがな」

「御家人が商家の用心棒をしていると言われるか」

説明する益満休之助に、江頭が目を剝いた。

「まあ、旗本、御家人でございといったところで、実際は喰う金のない浪人と変わらぬと申すべきでございましょうな」

益満休之助があきれて見せた。

「しかしだな、幕府の家人を討つというのはどうなのだろう」

「幕府ではござらぬ、徳川の家人。そこをまちがえては困りますな」

戸惑《とまど》う尾形に、益満休之助が訂正した。

「幕府は朝廷のためにござる。徳川の幕府は朝廷のためになっておりませぬ。幕府というのは、勤王の意志のもとに設けられるべきもの」

益満休之助が断言した。

「うっ。そうでござった」

尾形が折れた。

「益満どの、その御家人とやらの名前は」

江頭が問うた。

「失念しておりました。そやつの名前は、榊扇太郎、壮年の痩躯《そうく》で、険しい目つきの男でござる」

扇太郎の容貌を益満休之助が伝えた。

「榊でござるな」

「承知した」

「徳川の犬ごとき、一太刀で葬って見せましょうぞ」

「では、お願いをいたしまするぞ」

意気を見せる浪人たちに、益満休之助が述べた。

徳川が負けた。いかに遠国でのこととはいえ、敗残兵たちの姿、上方で商売をしている連中の噂などで、天満屋孝吉のようにいろいろな伝手を持っていない庶民にも事実は伝わってくる。

「将軍さまが、戦わずして負けた」

「長州や薩摩の兵が、江戸へ攻めてくるというじゃないか」

町人たちが寄り集まって、不安そうに話をしていた。

「おいっ」

「あっ」

その町人たちが、並んで道を闊歩してくる江頭たちに気づいて、あわてて目をそらした。

「怖れられるというのも、なかなかよいものよなあ」

尾形が、うれしそうに言った。

「少し前まで、浪人というだけで、眉をひそめられたり、水をかけられたりしていたというにの」

名取も感慨深そうであった。

もともと江戸の庶民は気位が高い。

「将軍さまのお膝元」

「天下の城下町の住人」

 庶民たちは、誇りを持って江戸に住み、地方から流れ込んできた浪人たちを、毛嫌いしていた。

「こんなもので金を取るつもりか」

「いささか合力を願いたい。いずれ世に出たときは、恩返しをしようほどに」

食い逃げとか押し借りをする浪人は、江戸の鼻つまみものであった。

それが最近、勤王の志士という肩書きを得たことで、町方役人でさえ取り締まれなくなった。

「触らぬ神に祟《たた》りなしだ」

「くわばら、くわばら」

潮が引くかのように、江頭たちが進む道が空いていく。

「ふん」

そそくさと散っていく庶民たちの姿に、江頭が鼻を鳴らした。

「ざまのないことよ」

「ああ」

江頭の感慨に、尾形も同意した。

「少し前まで、腹を空かせた犬を見るようなさげすむ目であったが、今は飢えた狼《おおかみ》を怖れるように怯えておる」

尾形もあきれた。

「世のなかが変わった」

「そうだ。我らが変えた。天下の嫌われ者だった浪人が、今や天朝さまのご意志を体現する勤王の志士さまだ。大名でさえ、我らに道を譲る」

江頭たちは口の端をつり上げた。

勤王の志士というものほど便利なものはなかった。昨日まで貧乏長屋で空き腹を抱えていた浪人が、勤王攘夷を唱えただけで、一気に浮かんでゆく。

「家賃を払え」

滞納している店賃を取り立てに来た大家を、

「日々、天朝さまのお考えをどうすれば達成できるかを思案している儂の邪魔をするとはなにごとか。それでこの国の民だと言えるのか」

怒気も露《あら》わに追い返せるようになった。

「お代金を」

飲食の金を請求する煮売り屋の親爺を、

「天朝さまのために戦う吾への施しは、勤王攘夷の原動力となるのだ。わずか二百文やそこらで、きさまも志士たれるのだぞ」

白刃を抜くことなく、喰い逃げができる。

そういった細かいことだけではない。少し名前が知られていけば、大名から時勢について話を聞きたいと招かれることもある。さすがに仕官はさせてくれないが、藩お抱えの軍学者、あるいは浪士として給金や扶持をもらえるときもある。

どころか、ここ最近は長州征伐で幕府が敗退したというのを受け、長州や薩摩と縁のある浪士は重宝され、桂小五郎《かつらこごろう》や西郷吉之助《さいごうきちのすけ》と顔見知りと言うだけで仕官の話が来る。

まさに浪人にとって、吾が世の春であった。

「そろそろじゃないか。深川安宅町とは」

「問うてみよう」

立ち止まって辺りを見回した尾形に、江頭が目に付いた男のほうへと歩いて行った。

「ちとものを尋ねたい」

「……へ、へい」

声をかけられた町人が因縁をつけられるのかとびくついた。

「この辺りに榊という屋敷はないか」

江頭が訊いた。

「榊さま……存じません」

町人が少しだけ考えて、首を横に振った。

「そうか」

「では、ごめんを」

そそくさと町人が逃げようとした。

「まあ待て」

町人の肩を尾形が摑んだ。

「ま、まだなにか」

町人の顔色が悪くなった。

「我らは見ての通り、勤王の志士である。その勤王の志士としての仕事をこなさねばならず、どうしても榊の屋敷を知らねばならぬ。どうだ、手伝ってくれるだろう」

尾形が町人の顔を見つめた。

「今、急がねばなりませんので」

町人が逃げようとした。

「天朝さまのことを後回しにするほどの用か」

「それは……」

言われた町人が口ごもった。

「どのような用だ。聞いて納得すればよし。家でも焼けたか、親でも死にかけているか、子供でも生まれるか」

江頭が問うた。

「いえ、商いのことで」

町人が否定した。

「商い、そうか。商いは国が落ち着いていればこそ成りたつものだ。国のことをおろそかにしては、商いもうまくいかぬ。そうであろう」

「は、はいっ」

正論には違いない。町人は同意するしかなかった。

「では、榊の屋敷を探してくれ。我らはここで待っておる」

「へ、へい」

浪人に逆らえばどういう目に遭わされるかわからない。泣きそうな顔で町人が走り出した。

「汚え屋敷ばっかりだな」

町人がいなくなったところで尾形が周囲の屋敷を見て困惑した。

「雨露防いでくれるだけでも助かるだろう。旗本というだけで、こういった屋敷が与えられる。ありがたいではないか」

名取が述べた。

「たしかにな。なにもしなくても代々、屋敷に住み続け、毎日食べるだけの禄をもらっている。とあらば、屋敷が少しくらいぼろくても文句はあるまい」

尾形もうなずいた。

「もっとも、それとていつまであるかは、わからぬがの」

すでに幕府は崩壊、抑えつけられていた九州や四国、中国地方などの外様大名にしてみれば、関ヶ原の合戦をやり直すことができる絶好の好機と沸き立っている。

いや、もっとも沸き立っているのは、京、朝廷かも知れなかった。平清盛《たいらのきよもり》に実権を奪われて以来、祭り上げられ、手を出せなくなっていた天下の政《まつりごと》が転がり込んできたのだ。

「徳川から征夷大将軍を取りあげよ」

「今までの非礼の詫びとして、百万石を朝廷領として差し出させろ」

などと浮かれまくっている。

それらに対し、幕府はなにも手を打てていない。二百年以上続いた泰平が、幕府から危機対応の能力を奪い取り、事なかれ主義に徹してしまったのだ。

「お待たせをいたしました」

そこへ町民が戻ってきた。

「おう、待っていたぞ」

江頭が意外そうな顔で迎えた。

「ご苦労であった。で、どこにある」

尾形が一応ねぎらいながら、問うた。

「この二丁（約二百二十メートル）先の辻を右へ曲がって、一つ目の角の右側で」

町民が説明した。

「そうか。榊が留守かどうかの確認は……」

「知り合いでもない旗本さまのご在宅かどうかを訊くのは、あまりに……」

江頭の要求に、町民が困惑した。

「それもそうだな」

尾形が納得した。

「もうよろしゅうございましょうか」

おずおずと町人が窺《うかが》った。

「ああ、ご苦労であった」

江頭が手を振った。

「では、ごめんを」

町人がそそくさと逃げていった。

「参ろうぞ」

「おう、我らの力を見せつけてくれよう」

尾形の誘いに江頭がうなずいた。

浪人たちから解放された町人は、この辺りを縄張りとしている深川の顔役水屋藤《みずやとう》兵衛《べえ》の表稼業である船宿へと駆けこんだ。

「親方……」

「どうした」

出てきた水屋藤兵衛に、町人が説明した。

「榊さま……たしか親爺が親しくしてもらっていたお旗本さまだったはず」

水屋藤兵衛は十年前に代替わりをしていた。

「おい、誰か様子を見てこい」

二代目水屋藤兵衛が、配下に命じた。

「へい」

船頭の一人が素早く駆けていった。

「おいらの縄張りで、好き勝手なまねはさせねえ。用意をしろ」

「合点だ」

「承知」

配下の男たちが、尻端折《しりはしょ》りをし、たすきを掛けた。

二

教えられた屋敷の前で、江頭と尾形が顔を見合わせた。

「押しこむぞ」

「まちがえてはいないだろうな」

身構えた江頭に、尾形が懸念を表した。

「違っていたからといって、どうというものでもなかろう」

江頭が気にするほどではないと首を横に振った。

「そうだな」

尾形も認めた。

「……潜りは開いている」

軽く押した江頭が、抵抗なく開いた潜りに笑った。

「よし」

気合いを入れるようにして、尾形が潜りを通った。

「とっくり門番か」

江頭が続いて入ったところで、勝手に潜りが閉まった。

「ということは、他に人はいないな」

尾形が安堵した。

とっくり門番とは、砂を入れた徳利と滑車を使い、潜りを勝手に閉めてくれるからくりであった。潜りを開ければ徳利が上がり、手を離せば徳利が砂の重さで下がる力を利用して閉まる。

門番の小者を雇うだけの金がない貧乏御家人の屋敷では、ほぼ使われていると言っても過言ではなかった。

「いいな」

「ああ」

江頭と尾形が顔を見合わせた。

「……………」

無言で尾形が玄関引き戸を蹴破った。

「よしっ」

江頭が突っこんだ。

無役の御家人にすることはない。役料が入らないので、金もないため遊びにも出られない。天満屋孝吉との約束のない日の扇太郎は、一日屋敷で寝転がるしかなかった。

「……なんだ」

己の肘を枕にしていた扇太郎が、玄関引き戸の破られる音に目を覚ました。

「見て参りましょう」

縫いものをしていた妻の朱鷺が腰を上げようとした。

「子供を頼む。奥へ行っていろ」

明らかな破壊音であった。扇太郎は床の間に立てかけてあった太刀を取った。

「旦那さま……」

朱鷺が不安そうな目で扇太郎を見上げた。

「任せよ」

扇太郎がうなずいた。

いきなり訪《おと》ないもなく表戸を蹴破っての侵入である。まともな相手ではなく、間違いなく扇太郎を狙ってきている。戦いは必至と考えた扇太郎が、太刀を鞘走らせた。

「行け」

「はい」

朱鷺が子供のいる奥の間へと駆けた。

「……どこだ、榊」

足音とともに、途中の部屋の襖を開け放つ音が響いてきた。

「屋敷と名前を知っているとあれば……天満屋がらみだな」

推察した扇太郎が、部屋の襖を開けて廊下へ出た。

「…………」

一度天井を見て、扇太郎は間合いを計った。

「いたぞ」

「おうよ」

廊下を進んできた尾形と江頭が、扇太郎に気づいた。

「浪人か。やはり天満屋のかかわりだったな」

扇太郎がため息を吐いた。

「ならば、遠慮は要らぬな」

すでに太刀を抜いている。臨戦態勢にあった扇太郎が、廊下を走った。

「ちっ。先手を取られた」

「受け止めろ」

商人やその辺の町民を脅す程度のことしかしていない浪人たちの反応が遅れた。

「……ぬん」

扇太郎が太刀を下段から斬りあげた。

「うわっ」

後ろへ転ぶことで江頭がかろうじて避けた。

「おうりゃ」

目標を失った一撃を扇太郎は薙《な》ぎへと変えた。

「ぐっ」

転んだ江頭へ目を奪われていた尾形が、受け損ねて腹を切られた。

「痛てぇえ」

無理な軌道変更で十分な伸びを得られなかったため、扇太郎の薙ぎは尾形の着物を裂き、腹を薄く割るだけに留まった。

「浅いか」

手応えでそれを感じた扇太郎が舌打ちをした。

「こいつ」

「で、できるぞ」

尻餅をついた江頭があわてて立ち上がり、尾形が太刀を構えた。

「はらわたは出ていないか」

扇太郎から目を離すのが怖くなった尾形が、江頭に問うた。

「……出ていない。少し切れているが、出血もさほどではない」

ちらと見た江頭が尾形に報告した。

「そうか」

尾形がほっと安堵の息を吐いた。

「どうした」

二人の悲鳴を聞いた名取が外の見張りからかけつけた。

「我らだけでどうこうできそうにない」

先手を取られ、腕の違いを見せつけられた浪人たちが相談を始めた。

「一度出直すべきであろう」

「だな」

浪人たちの結論が出た。

「なに、勝手なことを言っている」

扇太郎が怒鳴った。

「他人様の屋敷へ土足で踏みこんだうえ、表戸を蹴破ったんだ。ただで帰れると思うなよ」

「まずい」

「……………」

三人が、扇太郎の怒りにたじろいだ。

「動けば斬る」

扇太郎が宣した。

「なんとか一人だけでも逃がさねば」

「ああ」

狭い廊下である。三人を同時に斬ることは難しい。立ち塞がる二人を斬れば、その死体が邪魔になり、残った一人は大きく離れられる。

「………………」

三人が互いの気配を窺った。

「薩摩浪人だな、おまえたち」

油断なく構えながら、扇太郎が尋問を始めた。

「……違う」

「我らは京より来た勤王の志士である」

尾形と江頭が首を横に振った。

「ほう、わざわざ京から、吾が屋敷に押し入るため来たと。どうして吾のことを知ったのだ。京まで聞こえるような名前ではないぞ」

「おいっ」

「おまえが京などと言うから」

相手を犠牲にして逃げようと考えた時点で、浪人たちは仲間でなくなっている。

互いに責任を押しつけ合った。

「偽りなく話したほうを助けてくれる」

あきれながら扇太郎が言った。

「一人……」

「……だれが」

三人が息を呑んだ。

「拙者は越後の浪人で、江戸へ出てきてから薩摩屋敷に……」

江頭が先に口を開いた。

「こいつ。卑怯な」

尾形が顔色を変えた。

「では、拙者も……」

益満休之助の命で扇太郎を討ちに来たと名取がしゃべった。

「なるほどの。事情はわかった」

扇太郎がうなずいた。

「では、助けてくれるのか」

喜色を浮かべた江頭が訊いた。

「だ、誰だ。吾、吾であろう」

尾形が身を乗り出した。

「皆とも助けてやろう」

扇太郎が言った。

「全員を助けてくれる……」

「真でござるや」

浪人たちが戸惑った。

「正直に語ったゆえな。ただし、壊した表戸の修繕費は置いていってもらおう」

金を出せと扇太郎が命じた。

「一両ある」

さっと尾形が小判を床に投げ出した。

「拙者も一両しかない」

江頭と名取も続いた。

「足りぬがいたしかたないな」

世相が物騒になったことでものの値段が跳ねあがっている。とくに大工や建具師などの日当が倍以上になっている。一日四百文ほどだったのが、今では八百文に、名人と言われるほどになれば、二分近い。表戸を入れ替えるには、三両ではとても足りなかった。

「さっさと行け。そして二度とこの辺りに顔を出すな。見かけたときは許さぬ」

「わかった。この場から江戸を離れる」

「二度と来ぬ」

「拙者も国に帰る」

浪人たちが何度も首を縦に振った。

「…………」

うるさいと扇太郎が手で追い払い、浪人たちが逃げていった。

「もういい」

しばらくして朱鷺が顔を出した。

「ああ。終わったぞ」

扇太郎が微笑んだ。

「許してあげたの」

「まさか。家のなかを血で汚したくなかっただけよ」

問うた朱鷺に、扇太郎は苦笑した。

「表戸だけでなく、襖や障子まで替えなければならなくなるなど、悪夢だろう」

「たしかに」

朱鷺がうなずいた。

「どれ、被害を見てくる。ついでに潜りも鍵をかけなければの。やれ、面倒な」

扇太郎がため息を吐いた。


尻に帆をかける勢いで逃げ出した江頭たちは、深川を出るべく両国橋へと向かっていた。

「冗談ではない。あんなに強いとは」

「幕臣など、腰抜けばかりのはずだったろう」

口々に文句を言いながら、浪人たちは走った。

「どけっ、邪魔をするな」

江頭が叫んだ。

深川はもともと湿地帯だったのを埋め立てて作った土地であり、排水のための水路が縦横に走り、道幅は狭い。

道の真ん中を荷車を引いた男が通っており、走る障害になっていた。

「さっさと寄れ。斬り捨てるぞ」

尾形が怒鳴りつけた。

「…………」

無言で振り向いた男が、荷車を横倒しにして、道を塞いだ。

「なんだ」

「こいつ……なにを」

狭い道を荷車で潰された浪人たちが足を止めた。

「逃げて行きやがった」

尾形が、荷車を引いていた男が離れていくのを睨みつけた。

「どうでもいい。さっさとこれをどけてしまわないと。そっちを持ってくれ、水路に捨ててやる」

「おうよ」

江頭の指示に尾形が従った。

「せえので行くぞ」

「わかった」

「せえの……」

「待ってもらおうか」

二人が腰を落とした途端、声がかかった。

「なんだ」

落とすようにして、二人の浪人が荷車から手を離した。

「無理を言って借りてきたんだ。捨てられては困る」

二代目水屋藤兵衛が、背後に男たちを従えて近づいてきた。

「なんだ、おまえは」

「借りてきただと……じゃあ、これはおまえが」

三人の浪人たちが、現れた男たちを警戒した。

「何者だ」

尾形が誰何《すいか》した。

「そっちこそ、こちらの縄張りに来て好き勝手しているようだが、どこの馬の骨だい」

二代目水屋藤兵衛が問うた。

「なにを。我らは勤王の志士である」

江頭が言い返した。

「不逞の輩《やから》というやつだな」

鼻先で二代目水屋藤兵衛が笑った。

「きさま……」

名取が憤った。

「榊さまに用があったみたいだが……」

「……さっきの御家人の……」

二代目水屋藤兵衛の言葉に江頭が息を呑んだ。

「無礼を働いたんじゃないだろうなあ」

ぐっと二代目水屋藤兵衛が声を低くした。

「まさか怪我なんぞ……」

「ち、違う、違う。とても我らで敵うお方ではなかった」

「そうだ。傷一つ負わせてなどいない」

二代目水屋藤兵衛の詰問に、三人の浪人があわてて首を横に振った。

「敵う相手じゃない、傷を負わせていない。ということは、榊さまを襲ったな」

しっかりと二代目水屋藤兵衛が見抜いた。

「ひっ」

「ああっ」

「…………」

浪人たちが真っ青になった。

「気に入らなかったんだよ。おめえたち浪人が、勤王の志士だとかなんとか言い始めて、大きな顔をするのがな」

「な、なにを」

口の端をつり上げた二代目水屋藤兵衛に、尾形が震えた。

「まあ、深川ではなく、川向こうで暴れるぶんには、対岸の火事で放っておけば良かったんだが……おめえたちはこちらの縄張りで勝手を始めた」

二代目水屋藤兵衛が浪人たちを憎らしげに見た。

「何をする気だ」

江頭が唾を呑んだ。

「我々は薩摩屋敷に縁ある者だ。我らに仇《あだ》をなせば、薩摩が黙ってはいないぞ。おまえたちも知っているだろう、徳川が薩摩と長州に負けたことを。徳川よりも強い薩摩を敵に回す気か」

必死で江頭が二代目水屋藤兵衛を脅した。

「薩摩がどうした。どこにいる。ここを見ているわけじゃねえだろう」

二代目水屋藤兵衛が笑った。

「見ていなければ、おいらがやったとは知られないということだ」

「ま、待て。今日、我らが深川に来ることを薩摩屋敷は知っている。我らが戻らなければ……」

「やってしまえ」

江頭の話を最後まで聞かず、二代目水屋藤兵衛が配下に合図をした。

「や、止めてくれ」

「助け、助けてくれ」

すでに扇太郎に心を折られていた浪人たちが、命乞いをした。

「やかましい」

「縄張り荒らしをしやがって」

配下たちは遠慮なく、三人を攻撃した。

「近づくな」

「わああ」

話し合いではどうしようもないと気づいた江頭たちが太刀を抜いて振り回した。

「……ぎゃ」

「がぁ」

「ぐへっ」

だが、法も理《ことわり》もない振り回しで、喧嘩慣れした無頼たちを牽制《けんせい》できず、浪人たちはさんざんに殴られ、崩れた。

「簀《す》巻きにして海へ放り込め」

二代目水屋藤兵衛が指示した。

「へい」

「それと、深川で勤王浪人を見かけたら、逃がすな。かならず始末しろ。縄張りを預かっているというのは、守れるからこそ認められているのだからな」

江戸の者は当たり前だが徳川贔屓《びいき》である。二代目水屋藤兵衛が薩摩浪人との敵対を宣言した。

「承知」

「お任せを」

水屋配下の者たちがうなずいた。

薩摩屋敷に目付が訪れていた。

「浪人どもを匿《かくま》っているとの噂あり、ゆえなき係人《かかりうど》を屋敷内に住まわせるのは好ましからず」

　目付が薩摩屋敷用人へと命じた。

「そのような者はおりませぬ」

　すでに薩摩藩にとって徳川家は主君ではなくなっている。用人は門前で目付をあしらった。

「ぶ、無礼な」

　旗本のなかの旗本と称賛され、幕府でも大きな権力を誇っていた目付が、その対応に真っ赤になった。

「おるというならば、証拠を出していただきたい。ただ、風説だけでお見えならば、当家を侮辱するものとして……」

　用人が太刀の柄に手をかけた。

「……うっ」

　目付だ、名門旗本の当主だと威張っていても、そのじつは剣術の修業をまともにしたことさえない。ただ役職、あるいは身分によって持ち上げられ、守られてきた。なにせ、真剣を抜いたことさえないのだ。

場合によってはこの場で斬り殺すという気迫を浴びせられて、冷静でいられるはずもなかった。

「わかった。わかった。なにもなければよい」

あわてて馬に乗った目付が逃げ出していった。

「ふん。肚《はら》のない」

用人が嘲笑した。

「腐った木に巣喰う虫……いや、虫に喰われたから大樹も倒れる」

潜り門を開けて益満休之助が顔を出した。

将軍のことを大樹と呼ぶ。益満休之助は徳川の崩壊を口にしていた。

「侍が刀を遣えなくてどうするというのだ」

用人も侮蔑をあからさまに見せた。

薩摩藩は関ヶ原での敗戦、いや、その前の豊臣秀吉による九州征伐での負けを受けて、国全体を尚武《しょうぶ》の気質にした。

郷中《ごじゅう》という独特の仕組みを作り、歳上が歳下を指導し、鍛える。武芸だけでなく、精神鍛錬をも郷中でおこない、卑怯未練なまねをした者は許さない。

輪になって座った郷中の者の真上、天井から火を付けた火縄銃をつるし、その紐《ひも》をねじって回転させる。いつ火縄銃が暴発するかわからない状態で、そこに座り続けるという苦行であった。そのとき、恐怖で逃げ出したり、小便を漏らした者が出たら、郷中全体で、その者を取り押さえ、無理矢理腹を切らせるというようなまねまでする。

こういった鍛錬を子供のころから続けてきている薩摩藩士に、将軍の直臣という名前にあぐらを掻き、幕府という後ろ盾《だて》に守られている旗本ごときが勝てるはずはなかった。

「まったく飽きもせず、毎日、毎日」

用人が吐き捨てた。

「上方で徳川が負けたというのを信じたくないのだろう。薩摩屋敷へ目付が行き、畏れいらせれば、負け戦はなにかのまちがい、あるいは偽りだったと言える。そう思っているのだろうな」

「目付を出せるのは老中か若年寄であろう。その辺りも、現実が見えていないと」

益満休之助の話に、用人があきれた。

「天下を取ると力に溺れて努力しなくなる。なにせ、己より強い者はいないのだからな。努力の意味がない。それが何百年も続いてみろ。老中、若年寄という重職も馬鹿だけになる」

益満休之助が笑った。

「……朝廷と同じだ」

「休之助。不遜《ふそん》だぞ」

呟《つぶや》くように言った益満休之助を用人がたしなめた。

「……そうだったな」

益満休之助が引いた。

「浪人が帰ってこぬな」

用人が話題を変えた。

「ふむ」

益満休之助も難しい顔をした。

「深川までならば、とっくに帰って来ていなければならぬ刻限だ」

すでに日が暮れ始めていた。

「本所、深川には悪所が多い。遊んでいるのかも知れぬ」

「なるほど。しかし、己の役目をなんだと思っておるのだ。だから、主を持たぬ浪人者は信用がおけぬ」

用人が不満を口にした。

「ああ。浪人は信用できぬ。あれは道具だ。決して、我らの同士ではない」

「徳川への恨みは同じだがな」

小さく首を左右に振った益満休之助に、用人が告げた。

「主家を潰された浪人、木曽《きそ》川堤防で藩を痛めつけられた我ら。恨みを持っているには違いないが、そこにおける根本が違う。浪人には支柱がない。我らにはお家という忠義を尽くす場所がある」

拠《よ》って立つところがあるかないかは大きな差だと益満休之助が述べた。

「徳川を潰すまで我らは止まらぬ」

「恩は石に刻め、讐《しゅう》は水に流せ。坊主の寝言などくそ食らえじゃ」

益満休之助と用人が顔を見合わせた。

「旗本どもの嫌がらせで遅れに遅れた堤防普請」

宝暦《ほうれき》の治水と呼ばれた木曽三川《さんせん》堤防工事は、美濃《みの》代官の願いをもとに十代将軍家《いえ》重《しげ》が、薩摩藩へ御手伝《おてつだい》普請《ぶしん》を命じたことに始まる。

そもそもが無理に近い普請だとされ、何度も献策されては幕府によって却下され続けたものを、薩摩藩へと押しつけた。

もともと困難な普請だったところに、監督として派遣された旗本が、薩摩藩を苦しめるという幕府の意向にそって嫌がらせを繰り返した。

普請場近くの村に命じて薩摩藩士やその雇われた人足への手助けやものの販売を禁止したり、工事の出来に苦情を付けたり、そのていどならまだよかった。喰いものにも履き替えの草鞋《わらじ》にも苦労させられたが、薩摩藩士の忍耐はそれくらいでは困難と思わないほど強い。

しかし、苦労に苦労を重ねてなんとか工事を終わらせた箇所を、旗本が夜中に崩させていたと知ったときの憤りはすさまじかった。

とはいえ、旗本を殺すわけにはいかなかった。それこそ、薩摩藩謀反《むほん》と言い立てられかねない。歯噛みをして耐えるしかなかったが、何度も繰り返されてはたまらない。まず永吉惣兵衛《ながよしそうべえ》、音方貞淵《おとかたさだふち》の二人が、旗本への抗議として切腹した。

それでも嫌がらせはやまず、当初十万両と目されていた費用は大幅に膨れ上がり、薩摩藩の財政を完全に破壊した。

それでもあきらめず、一年と一カ月をかけて普請は完成、薩摩藩は見事に幕府の命を果たした。だが、その直後総責任者であった平田靱負《ひらたゆきえ》は、当初の予定を大きくこえ、四十万両に及んだ費用超過の責を負って、自害した。

「腹を切らされた総奉行平田靱負を始め、永吉惣兵衛、音方貞淵ら五十一人の犠牲を忘れることなどできるものか」

「住み馴《な》れし里も今更名残にて、立ちぞわずらう美濃の大牧《おおまき》。平田靱負どのの無念、薩摩を遠く離れた美濃の地で死なねばならなかった望郷の念。それを徳川にも思い知らせてくれる」

用人と益満休之助が強く拳《こぶし》を握りしめた。

「出かけてこよう」

「浪人どもの成果を見に行くか」

歩き出した益満休之助に、用人が確認した。

「…………」

無言で肯定して、益満休之助が歩を進めた。

三

浅草は深川と近いようで遠い。渡し場はいくつかあるが、間に隅田《すみだ》川が流れているからだ。両国橋を渡ればすぐだとはいえ、広小路《ひろこうじ》の辺りは天満屋孝吉とは別の顔役が締めているため、用もなく踏みこむのは遠慮しなければならない。

それでも情報は絶えず集めている。深川は浅草には劣るが、江戸でも繁華な場所で、岡場所などの歓楽も多い。深川でもめ事が起これば、その影響は広小路を経て、浅草にも及ぶ。

縄張りを揺さぶられるわけにはいかないのだ。どこの顔役も縄張りを守るのに汲々《きゅうきゅう》としている。

天満屋孝吉も同様である。そのために天満屋孝吉は、深川、広小路などの隣接する縄張りに人を入れていた。もちろん、深川も広小路も同じことをしていた。

「天満屋の親方」

そのうちの一人、深川に店を出させている男が、天満屋孝吉のもとを訪れた。

「なにがあった」

普段は深川で商売に励んでいる配下の来訪で、天満屋孝吉は異常を悟った。

「勤王の志士とほざく浪人どもが深川に……」

配下が報告をした。

「榊さまのお屋敷を襲っただと」

聞いた天満屋孝吉が絶句した。

「で、榊さまはご無事なんだろうな」

天満屋孝吉が焦って問うた。

そもそも勤王の志士と名乗る浪人と扇太郎との間に軋轢《あつれき》が生じたのは、天満屋孝吉が原因であった。天満屋孝吉は店へ集りに来た勤王浪人を扇太郎の手で始末させていた。さすがにこれで扇太郎に何かあったら、天満屋孝吉としても寝覚めが悪い。

「お怪我もないということで」

「……そうかい」

配下の答えに、天満屋孝吉がほっと安堵の息を吐いた。

「浪人たちはどうなった」

「水屋の親方が片をおつけになりやした」

「さすがだね」

片の意味など十分にわかっている。天満屋孝吉は二代目水屋藤兵衛の手早い対処を褒めた。

「ご苦労だったね。これで嫁さんに菓子でも買って帰ってやりな」

天満屋孝吉が手早く二分金を配下に握らせた。

「こいつはどうも」

断ると親方の顔を潰すことになる。配下が礼を言って受け取った。

「どれ、一度榊さまのもとへお詫びにいかなきゃいけないね」

天満屋孝吉が独りごちた。


屋敷を出た益満休之助は、両国橋を渡った。

「……このあたりが深川安宅町だが」

益満休之助も扇太郎の屋敷を知らなかった。

「もし榊の身になにかあったなら、その屋敷を訪ねるのはまずいな」

かかわりがあると思われるかも知れない。

「とりあえず、人の出入りが激しい屋敷を探すか」

当主が死んだ、あるいは怪我を負ったとなると親戚や上役、知り合いが弔問《ちょうもん》あるいは見舞いに来るのが普通である。

「……ないな」

御家人の屋敷はどこも造りは等しい。表札もなく、区別はまずつかない。

「静かなものだな」

益満休之助はさりげなく周囲へ目をやりながら歩き回っていた。

「あれは……無頼のようだが、あそこにも」

辻に立つ無頼の姿が多いことに益満休之助が気づいた。

「なにかをしでかしたのはまちがいないな」

江頭たちが命に従った結果だろうと益満休之助が考えた。

「ということは、榊の屋敷は近いな」

益満休之助の推測は当たっていた。だが、二代目水屋藤兵衛は扇太郎に浪人を始末したことを伝えず、再度の襲撃に備えるべく配下を出しただけであったため、屋敷に異変は見られなかった。

「おそらく、あの一角のどれかであろうが……」

もっとも無頼の目を集めている辻を益満休之助は横目で見た。

「……わからぬ」

あまり近づいては、無頼たちの目に付く。

益満休之助は、あきらめた。

「うまくいったか、いかなかったかはわからぬが、江頭たちが榊の屋敷になにか仕掛けたのはまちがいないな」

もともと浪人は捨て駒でしかない。足りなくなれば、少し繁華なあたりをうろつくだけで、簡単に次が見つかる。

「薩摩屋敷へ来ぬか」

こう誘えば、あっという間に数は揃う。もっとも、生活できないていどの浪人など百人いても役には立たないが、なかにはとんでもない珠玉があるときもある。

それに浪人はまず幕府への恨みを抱いている。主家を潰されたか、減禄されたか、あるいは人減らしで放逐されたか、どれにせよ幕府が原因である。

「少し、補充していこう」

益満休之助は、両国へと戻り始めた。

「……いないな」

歩きながら声をかける浪人を探していた益満休之助が首をかしげた。

「いつもならば、本所、深川に浪人は嫌というほどおるのに」

益満休之助があたりに気を配った。

「どういうことだ」

怪訝な顔をしながら益満休之助が両国橋を広小路へと渡った。

「広小路には、行き場のない浪人がおるの。ちょうどいい、あれを使うか」

益満休之助は広小路にたまっている浪人の一組を選んだ。

「率爾ながら……」

「なんじゃ、我らに用か」

声をかけられた浪人の一人が益満休之助に応じた。

「いかにも、貴殿らにお話がござる。いかがでござろう。払いは拙者がいたしますほどに、しばし酒でも呑みながら、聞いていただけませぬかの」

益満休之助が下手に出た。

「酒をおごってくれるというか」

「ありがたし」

「それは助かる」

三人の浪人が喜んだ。

「お手を取らせますお詫びということで」

先に立って益満休之助が広小路に出ている茶店へと入った。

「……いらっしゃいませ」

入ってきたのが浪人と知った店主が嫌そうな顔をした。

「酒と肴《さかな》をてきとうに頼む。これは心付けだ」

益満休之助がすばやく店主に一朱握らせた。

「……こいつはどうも。どうぞ、奥の座敷をお使いくださいまし」

途端に店主の態度が変わった。

一朱は一両六千文としたとき、およそ三百七十五文になる。最近、日当が高騰しているとはいえ、職人一日の働きに近い。

「どうぞ、おかけを。拙者薩摩藩士益満休之助と申す。お歴々に声をかけさせていただいたのは、勤王の志士として働いていただけぬかと思いまして」

座敷で益満休之助が話を始めた。

「おおっ。薩摩の御仁でござったか」

浪人の一人が手を叩いた。

「ご存じでございましたか」

益満休之助が驚いた振りをした。

「噂での。薩摩が浪人を集めて、天下簒奪《さんだつ》の計を張り巡らしていると」

浪人の一人が言った。

「天下簒奪……それはまた」

あまりに荒唐《こうとう》無稽《むけい》なことだと益満休之助があきれた。

「江戸の、いや、天下の浪人は皆知っておるぞ。さすがに箱根より西は知らぬが、噂を聞いた浪人たちが江戸へ集まってきておるからの」

「はて、その割りには浪人衆のお姿が少ないように思えますが」

疑問を益満休之助が口にした。

「………」

浪人たちが顔を見合わせた。

「……まずは一献と参りましょう。お名前を伺っても」

ちょうど来た酒を益満休之助が浪人たちに勧めつつ問うた。

「おう、遠慮なくいただくぞ。ああ、拙者は相州《そうしゅう》浪人七草祐馬《なくさゆうま》でござる」

「拙者は奥州《おうしゅう》浪人砂川兵衛《すなかわひょうえ》」

「摂津《せっつ》浪人中里一有《なかざといちう》」

杯を持ちながら、浪人たちが名乗った。

「七草どの、砂川どの、中里どのでござるな。これをご縁によろしくお願いしますぞ」

益満休之助が酒を注いで回った。

「……うまい」

「半年ぶりじゃ」

「………」

杯をあおった三人がそろって舌鼓を打った。

「こちらもお箸をお付けくだされよ」

酒とともに出された肴を益満休之助が示した。

「いただこう」

「あさりの佃煮《つくだに》か。好物じゃ」

「うむうむ」

よほど空腹なのか、あっという間に肴は尽きた。

「親爺、追加だ。飯と菜、汁を大盛りで三つ、頼む」

益満休之助が注文を加えた。

「すまぬな」

七草が頭を下げた。

「恥ずかしいがの、二日なにも喰っておらぬのだ」

「……二日も。今は勤王浪人と言うだけで、食い放題、飲み放題でございましょうに」

ため息を吐いた七草に、益満休之助が怪訝な顔をした。

「それがの……」

七草が砂川と中里に目をやった。

「……………」

二人が苦い顔をしてうなずいた。

「我らは深川を根城《ねじろ》にしていた。たしかに三日前までならば、やりたい放題であった。申しわけないが、勤王浪人、薩摩浪人と言うだけで、飯屋は黙ったし、商店は金をくれた。しかし、それが急に変わったのだ」

「変わったとはどのように」

益満休之助が先を促した。

「追い払われるようになった」

砂川が口にした。

「浪人を追い払う……」

両刀を差している浪人に庶民が強気で接する。よほど腕に覚えのある者ならばまだしも、そうでなければまず刀を抜いただけで、腰を抜かす。

益満休之助が首をかしげた。

「地回りだ。地回りがな、深川を回っていて、浪人を追い出すのだ」

七草が首を横に振った。

「地回りていどならば……」

どうにかできるだろうと言いかけた益満休之助が黙った。三人の浪人が俯《うつむ》いたからだ。

「お聞かせ願えるか、なにがござった」

益満休之助が詳細を要求した。

「……我らは、三日前まで五人でござった」

「えっ」

唇を嚙《か》みながら述べた七草に、益満休之助が驚いた。

「二人、地回りに殺されたのでござる」

七草が瞑目した。

「むうう、それほどの腕がある地回りがいたとは」

益満休之助が嘆息した。

「まさかと思いますが、そのお二人は俄《にわか》ではございませぬな」

「違うはずでござる。腰の据《すわ》わりかた、しゃべりかたもおかしくはござらぬ」

七草が否定した。

俄とは、無頼や喰いかねた逃散《ちょうさん》百姓が、浪人の振りをすることだ。勤王浪人を名乗るだけで喰えるとわかった連中が、どこかで手に入れた赤錆《あかさび》だらけの太刀か竹光《たけみつ》を腰にして、総髪髷《まげ》を結って浪人に化ける。当たり前だが、剣術などやったこともないだけに、戦いになったら逃げ出すしかなかった。

「俄ではない浪人を打ち殺した……」

益満休之助が難しい顔で呟いた。

庶民の抵抗は、勤王浪人、すなわち薩摩浪人を使って江戸の治安を悪くするという策を根本から崩す。町奉行所の役人などよりも、庶民は天下を知らない。とくに江戸の庶民は、将軍の上に朝廷があるなど知りもしないのだ。町奉行所役人が勤王浪人の背後にいる薩摩藩を慮《おもんぱか》って手出しをしていないのに、庶民が追い払いに出てくれれば、治安の悪化は止まってしまう。

「深川の浪人衆はなにもしなかったのでござるか」

浪人にも縄張りがある。その縄張りを荒らされたようなものなのだ。それこそ、一致団結して、地回りの親方のもとへ討ち入っても不思議ではなかった。

「これは実際に見たわけではない、話だけ聞いたことでござる」

確定ではないと宣言してから、七草が続けた。

「最初に浪人排斥があった夜、五人の浪人が深川の親方水屋藤兵衛の宿を襲ったらしい」

深川で活動していただけに、水屋藤兵衛の名前は知っていた。

「なかなか対応の早いお方たちだ」

聞いた益満休之助が感心した。火は小さいうちに消す、反抗は芽の間に摘む。これが長く縄張りを維持するこつであった。

「翌朝、五つの死体が、深川の木場に浮いていたそうだ」

「……その浪人たちの腕は」

益満休之助が問うた。

「それぞれが道場で代稽古をできるほどだった」

「知っているのか」

答えた七草に、益満休之助が確認した。

「ああ。深川をうろついていると、どうしてもかち合うのでな。我らはさほどの腕ではないが、一応剣術を学んでいる。相手が強いかどうかくらいはわかる。あの五人は格が違った。一人で、我ら五人をあっさりと倒せる」

七草が小さく首を左右に振った。

「それだけの浪人が五人いて、地回りに勝てないなどあり得るのか」

益満休之助の口調が変わっていた。

「無頼のなかにはもと浪人とかいうのもおるからの」

「…………」

砂川の言葉に、益満休之助が黙った。

「なあ、益満氏、我らになにをさせたいのだ」

いつの間にか、飯と汁、菜も食べ終わっていた七草が尋ねた。

「…………」

無言で益満休之助が三人を見た。

「最初に申しておくが、我らは下手人《げしゅにん》ではない。それだけの腕も肚もない」

七草が告げた。

下手人とは、人殺しのことである。七草は強請集《ゆすりたか》り、喰い逃げはしたが人を殺してはいないと述べた。

「戦う気はないと」

「飯を喰い終わってから言うことではないだろうが、お役には立てぬぞ」

「ああ」

「まさに」

七草の返答に、他の二人も同意した。

「戦え、ではなければ、よろしいか」

益満休之助が口調をもとに戻した。

「それならばよいが……なにをすればいい」

応じた益満休之助に、七草が首肯した。

「深川にはお詳しいな」

「それは、拙者は一年ほどになるし……」

「吾は半年と少し」

「二年」

念を押された七草が同僚を見て、砂川、中里が答えた。

「深川安宅町はご存じか」

「知っておる」

代表して七草が認めた。

「そこにいる御家人、榊扇太郎という者のことを調べてもらいたい」

「……深川へ、もう一度両国橋を渡れと」

命じられた七草が嫌そうな顔をした。

「それはご勘弁いただけぬか。水屋藤兵衛の配下に見つかると……なあ」

「うむ」

「…………」

同意を求める七草に、二人がうなずいた。

「では、いたしかたございませんな」

「そうか。馳走《ちそう》であった」

あきらめた益満休之助に、七草が安堵した。

「ただし、両国橋からこちらは、勤王浪人の縄張りでござる。下手なまねをなさらぬように。我らは天下のために戦っているのでござれば、邪魔をする、あるいは拮《きっ》抗《こう》するなどの場合、実力で排除させていただく」

江戸の城下での強請集り、喰い逃げはさせないと益満休之助が宣した。

「それは……」

七草が詰まった。

薩摩浪人たちによって、浪人は嫌われている。今更、どこかで働くといったところで引き受けてくれる者はいなかった。

「江戸を去るか、深川へ戻るか。どちらでも結構」

益満休之助が最終決断を求めた。

「深川でも、おかしなまねさえしなければ、むやみなまねはしますまい。さすがになにもしない浪人を殺しては、いろいろ問題になりましょう」

地回りの親分は、その縄張りを守ることで庶民から許されているところがあった。今回の浪人排斥も、浪人が悪さをしたからである。いわば、自衛だから見逃されているだけで、気に入らぬだけで人を殺すようになっては、庶民が見放す。庶民から見放されては、縄張りの維持はできなかった。

「しかしだな……」

「日に一分出そう」

まだ渋る七草に、益満休之助が金額を提示した。

一分は一両の四分の一、およそ一千五百文になる。それだけあれば、呑んで喰って、岡場所の遊女くらいならば買えた。

「それは、一人につきでござるか」

三人まとめてではないだろうなと、七草が問うた。

「お一人ずつでござる。ただし、三田の薩摩藩下屋敷まで一日一度顔を出し、前日に深川で見聞きしたこと、榊の風聞を報告していただく」

浪人を信用するほど、益満休之助は甘くなかった。

「どうする」

「このままでは、やっていけぬ」

「飢え死には困る」

尋ねた七草に、砂川と中里が乗ってもいいのではないかと応えた。

「危なくなれば逃げますぞ」

それを聞いた七草が、殺されそうになったら深川を離れると条件を付けて、引き受けた。

「では、毎日、朝四つ（午前十時ごろ）までに三田へ来られたし。そこで金をお渡しする」

益満休之助が条件を認めた。

「今日のぶんは……」

「まだ働いておらぬだろう」

厚かましく手を出した七草を、益満休之助が冷たく拒んだ。

第四章　天下の行方

一

十四代将軍家茂の跡継ぎは、なかなか決まらなかった。

人物は十三代将軍家定《いえさだ》が亡くなったときとは違って、すんなりと一橋権中納言《ひとつばしごんちゅうなごん》慶喜《よしのぶ》が選ばれた。

しかし、問題はその慶喜が、徳川の家督は継ぐとも将軍にはならずとごねたことにあった。

「徳川の宗家は受け継げども、天下の将軍たる器にあらず。ふさわしき人物を選び、この国難を支えさせたまえ」

慶喜は徳川の宗家が将軍となるのが決まりというのを無視して、どれだけ周囲が勧めようとも首を縦に振らなかった。

「まだ十四代将軍になれなかったときのことを恨みに思われているのか」

幕臣たちは子供のようなその態度にあきれていた。

十三代将軍家定が急病死したとき、直系の子孫はなく、誰が十四代将軍になるかで幕府は大いに揺れた。

そのとき、宇和島《うわじま》の伊達《だて》、薩摩の島津、越前松平《まつだいら》など英邁《えいまい》として知られた諸侯は、水戸《みと》徳川家から一橋家へと養子に出ていた慶喜を推した。

「人格、年齢、能力ともに、将軍にふさわしい」

諸侯の声は天下の納得するところであった。天下は、血筋ではなく、実力ある将軍を求めていた。

長らく続いた鎖国がアメリカから来たペリーによって破られ、いくつかの港が開かれた。数百年交流のなかった異国人がやってくる。異国人は血を呑む、異国人は若い娘をさらっていくなどの無知から来る噂話が広がり、天下の治安は悪くなった。

幕府が二百年以上経験したことのない難事への責任を回避しようとしたのも大き

かった。

「朝廷からの命ゆえ、いたしかたなく」

老中たちが諸外国との遣り取りを朝廷の指図だからいたしかたなくしようとして、失敗した。

「夷狄に神国の土地を踏ますべからず」

孝明天皇が攘夷の勅意を出され、開国を否定した。

朝廷の指示を仰ぎながら、諸外国の圧力に耐えかねて、国を開いた。この矛盾が、天下を揺るがせた。

「御上よりもえらいお方がいる」

将軍は知っていても、天皇のことを知らなかった庶民たちに、朝廷があると教えてしまった。

この危機に幕閣は対応できず、大老井伊直弼のごり押しに負け、慶喜ではなく家茂を選んだ。若い家茂に井伊直弼を止める力はなく、アメリカに屈した。

「幕府は諸外国よりも弱い」

黒船四隻に脅されて、下田を開港した。それが幕府の実力を疑わせた。

そこに長州が付けこんだ。

「朝廷の威を借りれば、徳川を倒せるのではないか」

長州が関ヶ原からの恨みを晴らす好機として、公家に近づいた。

「幕府はよろしくないの」

鎌倉以来政から遠ざかっていた公家たちが、騒ぎ出した。

「主上《しゅじょう》のご内意を守り、この国を正しくするのは、貴き血の我らである」

公家の一部が図に乗った。

当初は互いに幕府に虐げられてきた仲間が、集まって傷をなめ合っているのに近かった。それが幕府の弱腰で流れになった。

あわてて幕府は長州を咎めたが、すでに遅かった。

公家のなかでも実力を持っている者が、幕府の限界に気づいた。そして薩摩が幕府を見捨てた。

天下は確実に崩れ始めていた。

一応、十五代将軍は誕生した。徳川の宗家は継ぐが、将軍にはならないとごねていた徳川慶喜が慶応二年（一八六六）十二月五日、ようやく観念した。

「上様は、江戸へお帰りにならぬのか」

慶応三年になっても京から帰ってこない慶喜に、江戸の旗本たちは不安を覚えはじめた。

「お家危急のおりから、上様が奔走なさるのはいたしかたなきこと。上様にお気兼ねなくお働きいただけるよう、江戸をお守りすることこそ、旗本の責務である」

なかにはまともなことを口にする者もいたが、ほとんどの旗本、御家人は徳川の行く末を不安に考え、落ち着かない日々を送っていた。

「やっとだな」

三田の薩摩藩下屋敷で、益満休之助がほくそ笑んだ。

「旗本、御家人が動揺すれば、庶民も不安になる」

同じく浪士を束ねる薩摩藩士南部弥八郎《なんぶやはちろう》も同意した。

「休之助、用人がぼやいていたぞ。薩摩藩はなにをするかわからぬと商人どもが出入りを嫌がって、買いものにも苦労するとな」

やはり同役の肥後七左衛門《ひごしちざえもん》が苦笑した。

「それでいい。薩摩がこの江戸を支配したとき、庶民どもが逆らおうと思う気力を持てぬほど、脅してやるのも役目の一つだ」

益満休之助が淡々と言った。

「たしかにの、薩摩の芋侍と散々笑いものにしてくれた。たかが町人のくせに、武家を嘲弄するなど、薩摩ではあり得ぬ」

南部弥八郎が続いた。

薩摩は武士の重みが違う。百姓や町民は口答えするだけで斬り殺されても文句は言えなかった。対して江戸の町民は違った。江戸の民は、将軍のお膝元に住んでいるという矜持《きょうじ》が高く、外様大名への敬意など持ってはいない。

「唐変木《とうへんぼく》」

「浅葱裏《あさぎうら》」

「田舎侍《いなか》」

薩摩藩だけでなく、諸藩の家臣を平気で罵る。それも両国広小路や日本橋の大通りでやってのけるのだ。初めて勤番で江戸に出てきた藩士たちが驚くのも当然であった。

「なにがあっても刀を抜くな。暴力を振るうな」

参勤で出府する前、国元で老職がしつこいくらい勤番士たちに釘を刺すのは、江戸でのもめ事を避けるためであり、外様大名の雄として幕府に睨まれ続けていた薩摩、長州などは、ただ耐えるだけであった。

「無礼な」

「そのままには捨て置かぬ」

腹立ち紛れに、江戸の町民へ手を出せば、その報復は大きい。

「上様の民に傷を付けたのは、そちの家臣であろう」

まず藩主が江戸城で目付にいびられる。さすがに身分があるので、殺さなければそれ以上の咎めはない。無礼を働いた町民を武士が殴ったことを咎めては、幕府の定めた武家とその他という身分差を覆してしまうからだ。

とはいえ、藩主が江戸城で目付に叱られたのは事実であり、その恥辱は深い。いかに監察の目付とはいえ、禄なぞ千石あるかないかの小身でしかない。その小身旗本に、七十七万石の太守が詫びる。手を突いて頭を下げた。島津の家名を、武名を著しく落とすことになった。

もちろん、藩主がそのまま我慢することはない。江戸城から帰るなり、当事者である藩士を切腹させ、江戸家老や用人にも相応の咎めを与える。たった一人、辛抱できなかった者のために、大藩が揺らぐのだ。

「馬糞《ばふん》を投げられても、我慢してきた」

益満休之助が低い声を出した。

「ああ、その意趣《いしゅ》晴《ば》らしがようやくできる」

南部弥八郎が同意した。

「たしかにな」

一人穏健そうな顔をしていた肥後七左衛門も首肯した。

「そうだ、休之助。いつもの浪人が金をもらいに来ていたぞ」

ふと思い出したように肥後七左衛門が益満休之助に告げた。

「おう、もう四つか。早いことだ」

益満休之助が刻限に驚いた。

「あんなていどの浪人に金を払う価値があるのか」

南部弥八郎が嫌そうな顔をした。

「あのていどには、あのていどの使い道があるのだ。浪人排斥をしている連中でも、無害に近い者まで相手にはしないだろう」

益満休之助が、七草たちの使用法を語った。

「人畜無害の浪人か。生きている意味などなかろうに」

南部弥八郎が吐き捨てた。

「主君への忠義を失った者など、相手にするな」

肥後七左衛門が南部弥八郎を宥《なだ》めた。

「さて、報告を聞いてくる」

益満休之助が立ちあがって、玄関へと向かった。

「お早うござる」

七草、砂川、中里の三人が、大門を入ったところで待っていた。

「ご苦労でござる。しかし、三人来られずとも、代表だけでよろしいのでござるぞ」

益満休之助が三人を見た。

「いや、そういうわけにも参らぬのでな」

七草がつごう悪そうに頭を掻いた。

「己のためでござれば……」

「輩に用を押しつけるわけには」

砂川、中里も言いわけをした。

「なるほど、金を他人に預けることはできぬと」

皮肉げに益満休之助が笑った。

「…………」

三人が気まずそうに目をそらした。

「いや、そうでなければならぬ。武士は吾が身を吾で養う者。命の金を他人に任せるなど論外」

益満休之助がわざと褒めた。

「まず、お話を。金はその後でござる」

七草たちをからかうのに飽きたと益満休之助が促した。

「……恥ずかしいが、なにもない」

「拙者もだ」

「一日見張っていたが、榊は屋敷を出ていない」

役に立たない報告が重ねられた。

「水屋藤兵衛は」

地回りの親方について、益満休之助が問うた。

「相変わらず、地回りが数人で組んで深川を回っている」

七草が答えた。

「他の浪人は入ってきてないのか」

今まで深川を吾がものにしていた連中が消えたのだ。その後がまを狙う者が出てきて当然であった。

「来てはいるが……」

砂川が震えた。

「地回りに抵抗した者は……全部」

「それほど強いのか、深川の地回りは」

益満休之助が目を見張った。

「あれはもと侍だと思う。皆、長脇差の扱いがうますぎる」

砂川が述べた。

「ふうむ。それほど腕が立つなら使えるか」

口のなかで益満休之助が独りごちた。

「益満どの、もうよかろう」

七草が金をくれと手を出した。

「うむ」

首を縦に振って益満休之助が一分金を、七草たちの掌に載せた。

「では、これで」

そそくさと七草が立ち去ろうと背を向けた。

「待たれよ」

益満休之助が制した。

「なんでござろう」

首だけで七草が振り返った。

「深川の顔役、水屋藤兵衛に一度会ってみたく存ずる。近いうちに拙者が訪れると水屋藤兵衛に伝言をしておいていただきたい」

「水屋藤兵衛に会うと……」

七草が驚いた。

水屋藤兵衛は薩摩藩が企む浪人による治安悪化の策を潰している。その水屋藤兵衛に会う、裏になにかあると考えない者はいなかった。

「それは……」

「大事はない。一人で行く」

拒もうとした七草を益満休之助が押さえこんだ。

「……一人で」

砂川が目を剝いた。

散々、深川の商家に無体を仕掛けた勤王浪人、薩摩浪士の親玉が警固もなしに敵地へ乗りこむ。その危うさは子供でもわかる。

「一人で来た者を取り囲んで殺すほど、水屋藤兵衛は恥知らずではあるまい」

益満休之助が付け加えた。

「話だけはしてみますが……相手が受けるかどうかはわかりませぬぞ」

かならずとはいかない。七草が念のための釘を刺した。

「向こうが拒否したならば、それまででいい。成否は今日中に報告してくれ」

「今日中に、明日の朝ではいかぬのか」

「こちらにも準備はある」

深川から品川に近い三田へ来るのは面倒だと眉をひそめた七草に、益満休之助が首を左右に振った。

「……承知」

手間でも否は言えない。一日遊んでいるだけで、一分という大金をくれるありがたい金主なのだ。邪魔くさいと断って、金をもらえなくなっては生き死ににかかわる。

「頼んだぞ」

益満休之助に見送られて、七草たちは三田の薩摩藩下屋敷を後にした。

二

榊扇太郎は天満屋孝吉から御家人を辞めて、用心棒として雇われないかという話を持ちこまれて以来、屋敷から出ていなかった。

「なにを悩んでいるの」

居室で寝転がり、腕を枕に天井を見つめている扇太郎に、朱鷺が声をかけた。

「侍とはなんだろうな」

扇太郎が目を天井に向けたままで言った。

「役立たず」

朱鷺が一言で断じた。

「相変わらず、手厳しいな」

扇太郎が苦笑した。

「娘を実利のために廓《くるわ》へ売る。そんなもの、人の上に立つとは言えない」

旗本百八十石の娘だった朱鷺は、お役入りを願う父が賄賂に遣う金の形《かた》として、岡場所へ売り払われた。その岡場所が水戸徳川家の分流守山《もりやま》藩ともめ事を起こし、闕所となったことで扇太郎と出会い、契りを交わした。

「たしかにな」

腕がしびれた扇太郎が、両手を枕から解放した。

「……うん」

すっと膝で近づいた、朱鷺が微笑《ほほえ》んだ。

「すまぬな」

扇太郎が朱鷺の膝に頭を乗せた。

「徳川のお家が危ない」

「知っている」

話し始めた扇太郎に、朱鷺がうなずいた。

「あまり屋敷から出ないそなたでも気づくか」

扇太郎がため息を吐いた。

「御用聞きくらい来る」

世間知らずと言われた朱鷺が口を尖《とが》らせた。

「そうであったな。すまぬ」

扇太郎が詫びた。

「侍の天下は終わったと思うか」

「終わってはいない。徳川を滅ぼそうとしているのは、外様の大名たち。徳川を倒し、天下を奪っても、侍が政をするのに違いはない」

訊いた扇太郎に、朱鷺が述べた。

「公家も出てくるぞ」

「……公家」

言われた朱鷺が首をかしげた。

「吾もよく知らぬ。徳川に将軍を任じていたのは朝廷で、その朝廷に仕えるのが公家だそうだ」

「他人任せできた連中……」

朱鷺が簡潔にまとめた。

「身も蓋もないな」

的確な朱鷺の評に、扇太郎が笑った。

「外様の大名と公家……碌なことになりそうにない。額に汗して金を稼いだことのない者に、政はできない」

「歴代の上様も金など稼がれたことはないぞ」

朱鷺の感想に扇太郎が口を挟んだ。

「だから、こうなった」

「違いないな」

屋敷の破れた塀に目をやった朱鷺に、扇太郎は同意するしかなかった。

百俵そこそこの御家人でも屋敷は、徳川家からの支給になる。拝領といわれており、命じられればすぐに明け渡して、引き移らなければならない。当然、その管理も幕府がおこなわなければならない。しかし、幕府は財政事情の悪化を理由に、屋敷の修理や復旧を放置してしまった。もちろん、個人での修復はできるが、貧乏御家人にそんな金はなく、深川の屋敷はどこも屋根瓦が剝がれていたり、塀に亀裂があったり、門が傾いたりしていた。

「金がないのは首がないのと同じ」

朱鷺が強く言った。

岡場所に売られた女は悲惨である。まだ公許遊郭《ゆうかく》の吉原ならば、女に無茶はさせず年限ぎりぎりまで稼がそうとするが、御法度《ごはっと》の岡場所は、幕府の手入れが入るまでにどれだけ稼げるかになる。月のものが来ようが、先ほどの客の残滓《ざんし》がまだ滴《したた》っていようが、女の身体が空いていれば、店に出した。

一日に五人からの客を迎え、正月も盆も休みなく働かされた経験を持つ朱鷺は、金のありがたみと怖ろしさを嫌というほど知っていた。

「たしかにそうだな」

扇太郎も首肯した。

「幸い、借財はない」

闕所物奉行をしていたときの余得で、榊家先祖代々の借財は返済できた。借財さえなければ、無役の御家人に金は要らない。米は支給されるもので足りる。金を出して買うものは、菜や魚などのおかずと、酒などの嗜好品《しこうひん》、あとは衣類だけだ。親子三人なら年に米三石もあれば足りる。三石は俵にして十五俵ほどであり、それを差し引いた残りの米を榊家では札差を通じて換金し、五十両ほどを得ていた。

「十二両ほどなら、蓄えている」

「いつの間に」

余裕があると言った朱鷺に扇太郎が驚いた。

「無駄に遣わなかっただけ」

朱鷺がなんでもないことだと告げた。

「だから、好きにしてくれていい」

「いいのか、禄がなくなれば、明日の保証も消えるぞ」

背中を押してくれた朱鷺に、扇太郎が確認をした。

「あのまま岡場所にいたら、とっくに死んでいる。わたしをあの地獄から救い出してくれた。今の命はあなたからもらったもの」

「恩なんぞ、感じなくてもいいのだぞ」

首を横に振る朱鷺に、扇太郎が返した。

「今更、放されても困る。こんな子持ちの大年増《おおどしま》、誰も引き取ってくれない」

朱鷺が扇太郎を見つめた。

「そうか。では、責任を持たねばならぬな」

扇太郎が上半身を起こし、朱鷺を押し倒した。

男と女の交情は回数を重ねるごとに短くはなっていく。しかし、そのぶん、身体ではなく心で繋がるため、濃密なものであった。

「御免をくださいやし」

そこへ訪ないを入れる声がした。

「…………」

あわてて起きあがって、朱鷺が身支度をしようとした。

「吾が出る。水浴びをしてこい」

扇太郎が立ちあがって、下帯を無視して小袖を身に纏《まと》った。

「でも……」

「男だ。多少はみ出てても、どうということはないさ」

来客対応《あしらい》を夫にさせるはどうかと申しわけなさそうな朱鷺に笑いかけて、扇太郎は表へと向かった。

「榊さま」

「どうしたい」

やってきたのは、顔なじみになっている水屋藤兵衛配下の地回りであった。

「親分が、ちとご足労をいただきたいと」

「珍しいな」

地元を締める地回りの親分でも、庶民なのだ。御家人の扇太郎を呼びつけるなど論外、やってくるのが筋であり、普段はそういった礼儀をしっかり守る水屋藤兵衛の態度に、扇太郎が驚いた。

「なんでもみょうな客が来るとかで、同席をお願いできたらと」

若い衆が説明した。

「みょうな客……承知した。今からか」

「いえ、明日の昼八つ半（午後一時ごろ）でございまする」

刻限を問うた扇太郎に若い衆が答えた。

「明日の昼だな」

「昼餉《ひるげ》をご一緒いただきたいので、正午前にお出で願いたいと」

扇太郎の念押しに、若い衆が加えた。

「わかった。馳走になる」

「かたじけのうござんす。では、あっしはこれで」

用件を伝えた若い衆が、一礼して帰っていった。

「……みょうな客か」

扇太郎が呟いた。

居室へ戻った扇太郎は、小袖を脱ぎ捨てて井戸端へ行くと、水を頭から被って身体を洗った。

「……朱鷺、出てくる。戸締まりをしっかりとしていよ」

まだ風呂場にいる朱鷺に、そう告げて扇太郎は屋敷を出た。

深川安宅町から浅草までは、早足でも半刻（約一時間）少しかかる。扇太郎が浅草に着いたときには、昼をかなり過ぎていた。

「腹が空いたな」

いかに貧しいとはいえ、紙入れには一朱銀一つと銭が十数枚は入っている。うなぎで一杯とはいかないが、蕎麦《そば》くらいならば食べられる。

「かけ蕎麦を大盛りで頼む」

扇太郎は目に付いた蕎麦屋へ入って注文した。

盛り蕎麦を手繰《たぐ》るのもいいが、かけ蕎麦は汁があるぶん、腹が膨れる。禄を失うかも知れないだけに、少しでも倹約をしなければならないと扇太郎は思った。

「……馳走であった。ここに置くぜ」

ずっと十六文だった屋台の蕎麦も、ここ最近の政情不安で値上がりしている。店の蕎麦も二割ほど高くなっていた。

心付けも含めて四十文ほど払った扇太郎は、店を出た。

蕎麦屋から天満屋までは指呼《しこ》の間であった。

「いるかい」

「これは、榊さま。どうぞ、奥へ」

顔なじみの番頭が、天満屋孝吉の在宅を告げた。

「すまねえな」

軽く手を上げて謝意を表し、扇太郎が奥へと通った。

「おいでなさいやし。どうかなさいましたか。どうぞ」

店の奥で煙管《キセル》を吹かしていた天満屋孝吉が扇太郎を見て、上座を譲った。

「要らねえよ」

さっさと襖際へ扇太郎が腰を下ろした。

「どうなさいました」

座り直した天満屋孝吉が用件を問うた。

「水屋からな……」

扇太郎が話した。

「ほう……」

天満屋孝吉が思案に入った。

「榊さま、お付き合いを願いましょう」

出かけようと天満屋孝吉が立ちあがった。

「どこへ行く」

扇太郎が問うた。

「吉原でございますよ」

「……吉原。そういう気分じゃねえが」

先ほど朱鷺と情を交わしたばかりである。そう若くもない扇太郎は、女は要らないと言った。

「女を買うだけじゃございませんでしょう、吉原は。榊さまはよくご存じのはず」

天満屋孝吉が扇太郎を見つめた。

「噂を買うつもりか」

扇太郎が天満屋孝吉の意図を見抜いた。

「さようで。榊さまがいらっしゃらないとわたくしだけでは相手にしてもらえません」

少しだけ天満屋孝吉の眉間にしわが寄った。

「手出しをしようとしたからだ」

扇太郎が冷たく応じた。

吉原と扇太郎には繫がりがあった。八代将軍吉宗《よしむね》のご落胤《らくいん》と名乗って、世間を騒がせた天一坊《てんいちぼう》、その子孫を自称していた狂い犬の一太郎《いちたろう》という品川の親分が吉原の金を狙って手出しをしてきたとき、扇太郎が手助けをした。扇太郎を走狗《そうく》としていた一人、老中水野越前守忠邦と狂い犬の一太郎が対立していたためにそうなったのだが、吉原はそれを大きな恩としてくれていた。

「いたしかたないな」

扇太郎も誰がなにを考えているのかを知りたい。天満屋孝吉の思惑に、扇太郎は従った。

三

吉原は徳川家康が江戸へ入府して以来の歴史を誇る。

関ヶ原の合戦へと向かう徳川家康を吉原開祖庄司甚内《しょうじじんない》が接待し、戦勝祈願をしたことで遊郭としての公許を得た。

その後明暦《めいれき》の大火で江戸城至近の茅場町から浅草田圃《たんぼ》へ追いやられたりしたが、吉原の隆盛は変わらず二百六十年近く続いていた。

「少し、人が少ないですかね」

大門を潜った天満屋孝吉が辺りを見回した。

「このご時世だ。そうそう遊ぼうという者もいまい」

扇太郎が応えた。

「そうでもございませんよ」

二人の会話に声が割りこんできた。

「西田屋《にしだや》か」

「ご無沙汰をいたしております」

声の先を確認した扇太郎に、一人の老爺《ろうや》が深々と頭を下げた。

「元気そうだな」

「老けましてございまする。それに店は息子に譲り、五年前に隠居いたしました。今は仁無翁《にむおう》と名乗っておりまする」

扇太郎に西田屋甚右衛門《じんえもん》が告げた。

「そうか、それはめでたいな」

家を子供に譲る。これは代を継ぐという武家の本望であり、祝い事であった。

「ありがとうございまする。榊さまもお変わりなく」

「こっちも歳を取ったぞ」

「いえいえ、あの頃と変わらぬ覇気でございまする」

仁無翁が笑った。

「そうだといいがな」

扇太郎が苦笑した。

「本日はいかがなさいました。お遊びでございましたら、喜んでお迎えをいたしますが……」

目的を仁無翁が問うた。

「天満屋孝吉でございまする」

ずっと無視されていた天満屋孝吉が、二人の間に入りこんできた。

「お遊びではないならば、揚屋《あげや》というわけには参りませんね」

それでも仁無翁は天満屋孝吉に目を向けなかった。

「…………」

さすがの天満屋孝吉も不機嫌になった。

「怒るな、おまえが悪いのだ。天満屋」

扇太郎が天満屋孝吉を宥めた。

「ですが、あまりでございましょう。吉原は客で保《も》っている遊里でございますよ」

客だと天満屋孝吉が言ったのに、仁無翁が氷のような眼差《まなざ》しで見た。

「吉原を支配しようとする者を客と呼びませぬ」

「……ずいぶん昔のことだろう」

浅草を縄張りとしている天満屋孝吉は、日に千両という金を稼ぎ出す吉原を手に入れようと考え、何度も冥加金《みょうがきん》を払えと要求していた。

実力行使に出なかっただけ、狂い犬の一太郎よりましというだけで、吉原にとって天満屋孝吉は害虫でしかなかった。

「昔のことだから、すんだ話とはいかねえだろう。殴った者は忘れても、殴られたほうは覚えているものだ」

扇太郎が天満屋孝吉に説教をした。

「…………」

不服そうに天満屋孝吉が黙った。

「詫びるか、帰るかだな。詫びるというならば仲介の労を執るぞ」

扇太郎が水を向けた。

「……わかりました」

天満屋孝吉がため息を吐いた。ここで帰っては、吉原から話を聞く機会を永遠に失うだけでなく、扇太郎との間にも大きな溝を掘ることになる。

「すまなかった。もう、二度と吉原に手出しはしないと誓う」

浅草の顔役としての面目よりも、天満屋孝吉は実利を取った。

「この通りだ、拙者も頭を下げるゆえ、許してやっちゃもらえないだろうか。もちろん、天満屋がこの誓いを破ったときは、拙者が片をつける」

扇太郎が仁無翁に頼んだ。

「……………」

じっと仁無翁が天満屋孝吉の顔を見つめた。

「よろしゅうございましょう。榊さまのお口添えもございまするし。おい」

うなずいた仁無翁が、どこかへ合図を出した。

「へい」

いつの間にか天満屋孝吉の背後を吉原を守る男衆の忘八《ぼうはち》が囲んでいた。

「つっ……いつ」

天満屋孝吉が驚いた。

「大門を潜ったところからだな」

扇太郎が答えた。

「榊さま……」

「ここは吉原だぞ。おまえにとって敵地だろう。気配りをしてないおまえが悪い」

気づいていたなら報《しら》せてくれてもと不満そうな天満屋孝吉に、扇太郎が言い返した。

「……うっ」

油断だと言われてはその通りなのだ。天満屋孝吉が詰まった。

「では、こちらでお話をいたしましょう」

仁無翁が二人を大門脇にある会所へと誘った。

吉原の会所は唯一の出入り口である大門を入った右手にあった。四郎兵衛《しろうべえ》番所とも呼ばれ、吉原一の大見世三浦屋四郎左衛門《みうらやしろうざえもん》が差配していた。

三浦屋に属する忘八が昼夜問わず詰めており、吉原に入りこもうとする手配犯や無頼を防いだり、務めの辛さから逃げ出そうとする遊女を見張ったりする。

会所には、外から見えない奥まった板の間があり、ここで捕まえた盗人《ぬすっと》や足抜けをしようとした遊女を一時拘束した。

「こんなところでございますが」

「いや、外から見られないのが助かる」

申しわけなさそうな仁無翁に、扇太郎が手を振った。

「早速だが、薩摩浪人について知っていることはないか」

扇太郎が用件に入った。

「最近、たしかに浪人のお客さまが増えました」

「どうだ」

「よろしくはありませんね」

「妓《おんな》の評判か」

「だけじゃございません。忘八も嫌っております る」

確かめる扇太郎に、仁無翁が答えた。

「妓は寝かせないとか、乱暴だとかだろう」

「その通りでございますな」

扇太郎の推測を仁無翁が認めた。

遊女は金で買われて、閨《ねや》に侍《はべ》る。いわば男と女の行為をさせるのだが、岡場所と違い吉原の遊女には、客を振ることが許されていた。気に入らない客ならば、股《また》を開かずとも良いという遊郭では考えられない習慣ではあったが、吉原開闢《かいびゃく》以来保持されてきた。

これは客に乱暴なまねをされて身体に傷がつき、それが治るまで仕事ができなくなっては損だという点と、妓に振られてさみしく独り寝するのは嫌だと客に努力をさせる、要するに足繁《しげ》く通うとか、派手に心付けを撒くとかの金を遣わせるための方便でもあった。

吉原の客はこういったしきたりを納得したうえで通っている。

しかし、薩摩浪人たちは別であった。いきなり勤王浪人、天朝さまの兵だとして金を強請《ゆす》れるようになり、手にしたこともない大金を得た。あぶく銭を持った男がすることはほとんど決まっている。酒と女と博打であった。

最初は岡場所の馴染《なじ》んだ遊女で納得していたのが、やがて江戸の華と讃えられる吉原の妓を抱きたくなる。昔は届かなかった吉原へ行くだけの金ならある。

こうして吉原の独特の決まりなど気にもしない、金さえあれば客だろうという浪人者が大門を潜るようになった。

こういった連中は、吉原の看板ともいえる格子女郎《こうしじょろう》や太夫などとの遊びかたを知らない。一度目は顔を合わせ、二度目で話をして、三度目でようやく床入り。そして一度床を共にしたら、ずっとその妓だけを相手に選ぶ。

「田舎者だと侮るつもりだな」

「拙者を誰だと思っている。勤王浪士として名を知られた……」

「金を出せばよいのだろう」

浮かれた浪人たちは、忘八たちの注意など聞かない。遊女や妓など、欲望を発散する目的でしかなく、交流する気など端からない。

「いやでありんす」

「お断り」

妓が拒もうものならば、力ずくに出る。

「売りもの買いものであろうが。金を払ったのだ、黙って股を開け」

「なめるなよ。このていどの見世など、簡単に潰せる」

こうなれば弱い女の身では逆らえない。

「忘八の評判が悪いのは、心付けか」

「それもございます。浪人たちは心付けを出すという習慣を知りませぬ」

続けて言った扇太郎に、仁無翁が肩の力を落とした。

忘八は吉原で女を喰いものにして生きている。人として守るべき八つの心、仁義《じんぎ》礼智忠信孝悌《れいちちゅうしんこうてい》を忘れた者といわれ、衣食住の保証はされるが給金は出ない。とはいえ、忘八にも金は要る。見世から出される食事は一日二度、どちらも冷や飯と漬物だけなのだ。たまに、客の喰い残したものが出るが、こんな食事では休みなしの仕事を続けてはいけない。また、ときには酒で憂さを晴らしたいときもあるし、男なのだ、女を抱きたくもなる。

そんなときに金が要った。そして収入は客から渡される心付けだけであった。

「取っときな」

吉原に来る客は気前が良い。いや、馴染みの妓にけちだと思われたくないから、忘八への心遣いは忘れない。

「姉さん、なになにさまよりお気遣いをちょうだいしやした」

心付けを渡せば、忘八はその客が呼んだ妓に挨拶をする。

「主さま、かたじけのうありんすえ」

雑用をしてくれる忘八は妓にとって便利な連中である。客からの心付けが多い妓の用だと、忘八もこころよく引き受ける。妓にとっても忘八への心付けはありがたいものであった。当然、そうなればもてなしにも差が出た。

「金はくれない、妓には無体をしかける。それは嫌われるな」

扇太郎が納得した。

「大言壮語もしているだろう」

「はい。徳川を天朝さまが討たれることになる。そのときの先兵として、我ら勤王の志士が江戸入りしている。幕府を倒したあかつきには、天朝さまの旗本として、我らは引き立てられる。どうだ、今からよくしておけば、将来妻にしてやっても良いぞと、妓に言われるお方がやまほど」

仁無翁が鼻で笑った。

「夢は見るものだぞ。我らのような貧乏御家人は見ることさえ叶わぬのだ。うらやましい限りだ」

扇太郎も笑った。

「それはさておき、朝廷が幕府を見放す……か」

「榊さまはいかがお考えに」

繰り返した扇太郎に、仁無翁が問うた。

「上様が京におられる間は大丈夫だろう。幕府二百六十年の呪縛は、外様大名を始め、朝廷も縛っているからな」

扇太郎が述べた。

「幕府の武力をまだ怖れていると……」

天満屋孝吉が口を挟んだ。

「先祖代々抑えつけてきたのだ、そうそうに解けまいよ。ただ、それも上様という重石《おもし》がすぐそこにあるからだ。上様が京を離れれば、長州や薩摩が朝廷をそそのかすだろう。我らにさえ勝てなかったのだぞと」

「…………」

「さようでございますな」

天満屋孝吉と仁無翁が難しい顔をした。

「ところで、益満休之助という薩摩藩士は来ているか」

扇太郎が本題に入った。

「お出《い》でございますよ」

嫌そうな顔を隠そうともせず、仁無翁が告げた。

「薩摩浪人を集めて、派手に遊んでくださいます」

「金払いはいいのだろう。薩摩は金を持っているはずだ」

戦いに勝つには、それだけの武力と金が要る。幕府軍を追い返した薩摩藩には強大な軍事力を支える経済があるはずであった。

「気前よく遊んではくださいますがね。支払いはお屋敷付けでございますうえ、請求に参りましたら、なんやかんやと苦情を言われ、かなり値切られておりまして」

仁無翁が大きく息を吐いた。

「遣う者と払う者を分けているか。うまいが、いやらしいな」

扇太郎があきれた。

その場にいた者は、十分なもてなしを受けたとわかっている。請求されても納得がいくし、気兼ねもしてしまう。しかし、支払う者が違えば、どのように接待をしてくれたか知らないだけに、言いたいことが言えた。

「仁無翁、本音を聞かせてくれ」

「薩摩のお方には来ていただきたくありません」

促された仁無翁が断言した。

「先に遊んでおきながら、後で文句を付ける。わたくしどものような商いにはもっとも嫌らしい客で」

　遊郭の商品は女なのだ。やるだけやっておいて、後で不満を言われても困る。普通の商いならば、気に入らないなら商品を返して、売り買いがなかったとできるが、女はそうはいかなかった。

「もともと薩摩さまはお金がなく、ほとんど吉原にはお出でございませんでした。まったくお付き合いがないわけではございませんでしたが、吉原としてはどうでもいいお客でしかなかったのですが……」

　薩摩藩は江戸への参勤が諸大名のなかでもとりわけ遠い。対馬《つしま》の宗《そう》家も薩摩同様に遠いが、参勤が毎年ではなく三年に一度という優遇を受けている。蝦夷《えぞ》の松前《まつまえ》氏に至っては五年に一度で許されている。まさに、薩摩が参勤交代でいけばもっとも厳しい。石高も多いため、参勤交代の人数も千人からになり、その費用は莫大なものとなり、藩財政を圧迫していた。

「ふむ、その薩摩が吉原に浪人を送りこんでいる。仁無翁、これはやはり……」

「嫌がらせでしょう」

　仁無翁がうなずいた。

「勤王の志士なんぞといきがっておりますが、あれは薩摩が使っている浪人。それを薩摩は隠そうともしておりませぬ」

「ああ。普通は隠す。城下を荒らすなど、策としては悪くないが、普通はどこの誰が糸を引いているかわからないようにするものだ。今の薩摩浪人騒ぎは、愚策としか見えない。庶民の恨みも、徳川の怒りも薩摩に向かうだけ」

扇太郎も同意であった。

「そして吉原は江戸の噂の中心。吉原でのできごとは、見ていた客によっておもしろおかしく江戸に広められまする」

「妓たちも馴染みの客に、薩摩浪人どもの悪口を言うだろうしの」

仁無翁と扇太郎が顔を見合わせた。

「目的はなんだと思う」

薩摩のやり方が理に合わないわけを扇太郎は尋ねた。

「一つは振り分けでございましょう。なにをされても反発しない者だけを選ぶ。薩摩の支配に異を唱える者は、最初に排除する」

「江戸で力を持っている者の影響を削《そ》ぐということか」

扇太郎が表現を変えた。

「金のある商人、江戸の夜を仕切る吉原、どちらも幕府に直接もの申すだけの力を持っておりまする。それらを残したまま江戸を支配しても、うまくいくはずはございませぬ」

「むうう」

仁無翁の説に天満屋孝吉が唸《うな》った。

「町奉行所が対応しないことで、幕府への信頼を揺るがすと思っていた」

天満屋孝吉が小さく首を横に振った。

「もう一つは、徳川を爆発させるため」

「おそらく」

扇太郎の話に仁無翁が首肯した。

「どういう意味でございますか」

天満屋孝吉が首をかしげた。

「今の江戸には重石がない」

「将軍さまがいないと」

「そうだ。だからこそ、なにも薩摩浪人への対応ができていない。もし、上様がおられて、浪人を捕らえよと命じられたら、町奉行だけでなく、火付盗賊改方《ひつけとうぞくあらためかた》もやっきになる。たかが浪人など何百いようとも、勝てるはずはない」

「たしかに」

扇太郎の言葉に天満屋孝吉が首を縦に振った。

「だが、それをしていない。それは上様が上方に行かれたままだからだ」

「責任を取れるお方がいない……」

天満屋孝吉がその意味を読んだ。

「そういうことだな。町奉行も火付盗賊改方も、薩摩相手に喧嘩を売ったときの責任を取りたくない」

「ずいぶんな話でございますな。江戸の治安を守るべき町奉行と火付盗賊改方が逃げているなんぞ」

うなずいた扇太郎に、天満屋孝吉が頬をゆがめて見せた。

「ですが、このままずっと辛抱できますか」

仁無翁が言った。

「責任を取りたくなければ、動かないだろう」

天満屋孝吉が述べた。

「町奉行や火付盗賊改方ではないお方が辛抱できなくなる」

怪訝な顔をした天満屋孝吉に、仁無翁が告げた。

「でないお方……」

「町奉行に成り代わりたい旗本とか、薩摩ごときに好き放題されてたまるかと怒る旗本とかだな。成り代わりたい奴については簡単だな。手柄を立ててその職に就きたいだけだ。町奉行は旗本にとって憧れだからな」

江戸町奉行は三千石高で、旗本が就ける役目の上から数えて五指に入る格上の役職である。南北の二人しかおらず、町奉行になるには書院番や小姓番などを振り出しに、目付、遠国奉行などという難職をこなし、何十年という月日をかけなければならない。条件に当てはまっていない旗本が、町奉行にいきなり手が届く好機といえる現況を見過ごすとは思えなかった。

「面倒なのは、別のほうだ。今江戸にいて、薩摩の暴虐に腹を立てる。こいつらは長州征伐に出向いていない。つまりは、薩摩や長州の強さを知らない連中だ。今でも薩摩や長州など関ヶ原で負けた外様の田舎者としか考えていないだけに、始末が悪い。浪人どもを操っているのは薩摩だ、もとを断たねばならぬと憤ったら……」

「なるほど」

天満屋孝吉が手を打った。

「ですが、その連中が薩摩藩の屋敷を襲ったとして、江戸になにがございます。浪人どもがいなくなって、治安がよくなるのではございませんかね」

「襲う場所が問題だ。下屋敷とはいえ、薩摩藩だぞ。堂々と浪人を出入りさせているが、表向きは無関係を装っている」

「あれで無関係だと言い張れるはずございませんでしょう」

聞いた天満屋孝吉があきれた。

「それが通る。そうやって幕府は本音と建て前を使い分けてきた。役人がやったことでも、幕府が認めなければそれまで。薩摩も同じことが言える。それに、今は徳川が微妙な立場にある。薩摩が味方した一度目の征長は勝利、薩摩が敵に回った二度目は敗退」

「薩摩次第で、将軍さまのお立場が変わる……と」

「ああ。薩摩を完全に敵とするのは、まずい。腑抜《ふぬ》けた旗本と違い、薩摩藩の連中は肚が据わっている。二百七十年ほど前の関ヶ原で、一千五百の薩摩に数万の徳川方が突破された、あの悪夢の再現になりかねない」

扇太郎が瞑目した。

慶長五年（一六〇〇）九月十五日、美濃関ヶ原で徳川家康率いる軍勢と石田三成《いしだみつなり》を中心とする豊臣方大名の間で、豊臣秀吉亡き後の天下を争った戦いがおこなわれた。ともに十万近い軍勢を擁し、夜明けとともに始められた合戦は、石田三成方の小早川秀秋《こばやかわひであき》、吉川広家《きっかわひろいえ》らの寝返りで一刻（約二時間）ほどで決した。

そのとき、石田三成方で出陣していた薩摩島津はなぜか戦には参加せず、大勢が決まった後で動き出した。わずか一千五百しかいないにもかかわらず、敗走する石田三成方の兵たちとは逆に、勝ち誇った徳川方へ突撃をかけたのだ。

勝って油断していたのもあるとはいえ、薩摩藩士の一人が死ぬことで味方を一尺前へ進めるという死兵戦術に徳川方は怖れをなし、ついに島津の突破を許した。

一千五百のうち、薩摩に帰還できたのは数十のみという大被害であったが、天下に島津の強さを知らしめた。

このときの被害が忘れられなかったため、徳川家康は関ヶ原の後、島津に手出しをしなかったとも言われ、関ヶ原に出た先祖たちは島津の精強さを語り継いでいる。

「薩摩島津との仲が完全に決裂してしまえば、毛利と挟まれる形になる九州の諸大名は、皆そちらに与《くみ》することになる。そして、徳川に九州征伐を行うだけの力はない」

ご恩といったところでその日生きていけるかどうかといった薄禄だけに、扇太郎たち御家人は忠義を持っていないわけではないが、徳川を絶対だと信じてはいなかった。

「九州が落ちれば、四国も……」

「中国から播磨《はりま》も保つまいな。西国には外様の大大名が多い。土佐《とさ》の山内《やまうち》、備前《びぜん》の池田《いけだ》、阿波《あわ》の蜂須賀《はちすか》、宇和島の伊達、その辺りが薩摩と長州に付くかも知れぬ。そうなれば、京を支えきれぬ」

懸念を口にした天満屋孝吉に、扇太郎が付け加えた。

「京を押さえられ、天皇から徳川は朝敵だという詔書が出れば、どうなる」

「京より西が敵……もう一度関ヶ原でございますな」

問われた天満屋孝吉に代わって、仁無翁が答えた。

「そして、今度裏切り者が出るのは、どちらになるかの」

扇太郎が低い声で言った。

四

翌朝、扇太郎は約束の刻限に水屋藤兵衛を訪れた。

「お呼び立てをいたしまして」

二代目の水屋藤兵衛が、土間で待ち構えていた。

「いや、いつもいろいろと気を遣ってもらって、悪いな」

先代の水屋藤兵衛以来、屋敷のある深川を縄張りとする水屋と扇太郎は細いながら交流を続けていた。

「いえ、こちらこそお世話になっております」

互いに礼を言い合い、ようやく二人は座敷へ通った。

「まずは、一献」

奥まった二階の一室は四畳半と狭く、明かり取りの窓もない。そこに水屋藤兵衛は膳《ぜん》を用意していた。

「遠慮なくいただこう」

杯を差し出して、扇太郎は酒を受けた。

「失礼をいたしまして、わたくしも」

水屋藤兵衛が手酌で己の杯にも酒を注いだ。

武家は決して商人に酒を注がなかった。酒を注ぐという行為は下手に出ることと同じであるため、借財の申しこみに来ても、武家は上座に付き、金を貸すほうの商家が下座で手を突く。

「馳走になる」

扇太郎が杯を干し、箸を手にして昼餉は始まった。

「漁師が鱸《すずき》を獲ってきてくれました」

「奉書《ほうしょ》焼きか。手間がかかっているの」

水屋藤兵衛の自慢した魚は、水に濡《ぬ》らした奉書に塩を振った鱸を包んで焼くという手間のかかったものであった。

「……うまいな。魚は久しぶりだ」

奉書を解いた扇太郎が、鱸を口に入れて歓声をあげた。

「お気に召していただけたならば、幸いでございます。お帰りに一匹用意いたしましょう」

「ありがたい。家内にも喰わせてやれる」

扇太郎が礼を言った。

「船宿をやっておりますと、魚には苦労いたしませぬが、諸色の値上がりには閉口いたしまする」

水屋藤兵衛が愚痴を言った。

「かといって船賃を上げるわけにも参りませぬし」

船宿は、移動、物見遊山、釣りなどの船を用意するのが商売である。自前の船を何艘《そう》かと、船頭を数人雇い入れ、客の求めに応じる。

客は船の用意ができるまで船宿の二階で飲み食いをして待つ。なかには、船ではなく、船宿での宴会が目的の客もいた。

「いろいろ苦労だの。商売はいいときもあれば、悪いときもある。吾のような貧乏御家人よりましだぞ。こっちはずっと悪いだけだからな」

扇太郎が慰めを口にした。

「お応えのしにくいことを」

水屋藤兵衛がため息を吐いた。

「うまかった」

膳の上を綺麗に片付けて、扇太郎が昼餉を終えた。

「お粗末さまでございました」

少し前に箸を置いていた水屋藤兵衛が一礼をした。

「……さて、そろそろ話をしようか」

女中が膳を片付けて出ていくのを待って、扇太郎が姿勢を正した。

「はい」

水屋藤兵衛も背筋を伸ばした。

「薩摩藩士の益満休之助という御仁をご存じでございましょうや」

「益満ならば知っている。水屋にも来たか」

呼び出しの理由を扇太郎は納得した。

「と申しましても、ご本人ではございませぬ。最近、この辺りをうろついている三人組の浪人を榊さまはお見かけになられませんでしたか」

「昨今、屋敷からあまり出ていなかったからの。そういえば、浪人を見かけぬな」

水屋藤兵衛の問いに、首を左右に振った扇太郎が気づいた。

「迷惑をかけるようになって参りましたので、片付けましてございまする」

「…………」

片付けるの意味がわからない扇太郎ではない。顔色一つ変えずに告げた水屋藤兵衛に、扇太郎は黙った。

「見かけなくなった浪人と毎日うろつく浪人、その差は」

「他人に迷惑をかけるだけの力を持っているか、持っていないかで」

あっさりと水屋藤兵衛が答えた。

「なるほどな。で、その人畜無害な浪人が、益満休之助の使者をしたと」

「はい。一度会いたいと言われましたので、日時と場所はこちらで決めさせていただきました」

要求したほうが、条件を出すのではなく、求められたほうが付ける。当たり前であった。

「益満というお方はどのような」

知っていると認めた扇太郎に、水屋藤兵衛が訊いた。

「一度会っただけだがな。かなり強引でしつこい。頭は良さそうだが、狙いどころがよくわからぬ」

扇太郎は感じた印象を口にした。

「強引でしつこい、頭も良い。一つまちがえば、碌でもない男でございますな」

「碌でもねえよ。薩摩浪人の取りまとめをしているのだろう。まともなわけはない」

嫌そうな表情の水屋藤兵衛へ、扇太郎が強弁した。

「面倒な相手でございますな」

「ああ」

嘆く水屋藤兵衛に扇太郎が同意した。

「ということは、拙者を呼び出してなにをさせるつもりだ」

「ご同席いただきたいと思いまして」

水屋藤兵衛が言った。

「もちろん、同じ座敷でと言うわけには参りませぬ。それでは、本音を引き出せませぬ」

本音というか、裏をさらけ出させるには、できるだけ他人目《ひとめ》を少なくすることが肝要であった。

「どうするのだ」

扇太郎が首をかしげた。

「この部屋は特殊でございまして、そちらの押し入れに入っていただけば、隣の部屋の声が聞こえるようになっております」

水屋藤兵衛が立って、押し入れの襖を開け放った。

「心中防ぎか」

「さようでございまする」

確認する扇太郎に水屋藤兵衛が首肯した。

心中防ぎとは、船宿や出会い茶屋などに設けられている小部屋のことで、隣室の様子を盗み聞きしたり覗いたりできるようになっていた。男女の客で雰囲気が怪しい者たちを隣室に通してその様子を探り、おかしな言動があれば止めに入る。

心中は船宿や出会い茶屋にとって、非常に迷惑なものなのだ。刃物で死なれれば、座敷中が血で汚れ、畳、襖、ひどいときは天井までやり替えなければならなくなる。その修繕費用だけでも痛いのに、心中する男女はこの世の名残とばかりに、料理や酒を飲み喰いし、散々まぐわった後で死んでくれる。その代金さえも踏み倒す。

「承知した」

押し入れに潜むことを扇太郎は了承した。

益満休之助は約束より少し早く、水屋に来た。

「ようこそのお出ででございまする。水屋藤兵衛でございます」

「薩摩藩家臣、益満休之助である」

店の土間で挨拶を交わした二人は、扇太郎のいる小部屋の隣座敷へと入った。

「早速でございますが、わたくしに会いたいと仰せだそうで。どのようなご用件でございましょう」

茶も出さずに水屋藤兵衛がいきなり用件に入った。

「……船宿という割りに、客への対応はなってないな」

益満休之助が文句を言った。

「客……招かれざるが頭に付きましょう」

水屋藤兵衛が笑った。

「なにをしたつもりもないが」

「ごまかすのはお止めいただきたいですな。勤王浪人という手駒を深川にかなり送りこんでくれたようで」

「知らぬな」

水屋藤兵衛の糾弾を益満休之助が流した。

「ほう、では、わたくしどもの名前はどこでお知りに」

「どこだったか、噂でよい船宿があると聞いたと思うが、はっきりとは覚えておらぬ」

「伝言をくださったご浪人さまとはどういったご関係で」

とぼける益満休之助に水屋藤兵衛は追及の手を休めなかった。

「暇そうな浪人に小遣い銭稼ぎをさせただけだ」

益満休之助が嘯《うそぶ》いた。

「七草さまがいろいろと語ってくださいました。でなければ、浪人の言葉を信用する気などございません。深川がどれだけ痛い目に遭ってきたか。浪人を信じるくらいならば、ぺるりの船で異国へ行くほうがまともでございましょう」

痛烈な皮肉を水屋藤兵衛が浴びせた。

黒船来航で海の向こうには、南蛮、唐《とう》、天竺《てんじく》以外にも国があると知った江戸庶民だったが、幕府から説明があるわけでもなく、ペリー艦隊の乗員と交流したわけでもないため、アメリカをはるか遠い蛮族の国だと思いこんでいた。

「要らぬ話を」

益満休之助が七草を罵った。

「なかなか素直なお方でございました。ちょっと奉公人で囲んでお話を伺ったら、洗いざらい」

わざと水屋藤兵衛がなにがどうだったかを伏せて、知っているぞと伝えた。

「どういう風に聞いたかは知らぬが、薩摩藩島津家は勤王浪人と一切かかわりはない」

「承りました」

断言した益満休之助に、水屋藤兵衛が首肯した。

「で、ご用件は」

もう一度水屋藤兵衛が促した。

「相当怒っているようだな」

益満休之助ががらりと口調を変えた。

「当たり前でございましょう。顔役というのは、合力金を取りあげたり、賭場を仕切ったりするだけじゃ、務まらないんでございますよ。縄張りに住んでくださっている皆さまをお守りしてようやっと生かしてもらえる。その命の縄張りとでもいうべき、深川で浪人どもを好き勝手させるなんぞ、許せるはずはございません。わたくしが決意するまでに、どれだけの商家が脅され、何人の女が傷つけられたか」

水屋藤兵衛も怒りを露わにした。

「拙者の指示ではないが、被害に遭った者たちに哀悼の意を表そう」

口だけで益満休之助が慰めを言った。

「さて、話によると目に余ったから浪人を殺した」

「深川から出ていってもらっただけで」

ぬけぬけと水屋藤兵衛が反論した。

「……なるほど。出ていったには違いないな」

生きて己から離れようとも、死んで海へ捨てられようとも、深川からいなくなったのには違いなかった。

「浪人たちは黙って出ていったのか。いや、出ていくときには口が利けなくなっていただろうが、それまでの抵抗はどうなんだ」

「いたしました。おわかりでございましょう。あの浪人どもの役割がなにかくらい」

互いに相手のやっていることをわかったうえでの遣り取りは、言葉の裏に刃が見え隠れしていた。

「勤王浪人がなかなか腕達者だとは、聞いているが、そなたのところの配下が、それを上回るとは思えぬのでな。誰かの手を借りたのではないか」

「誰かとは」

「たとえば、貧乏御家人とか」

「…………」

心中防ぎで耳をそばだてていた扇太郎が息を呑んだ。

「お旗本さまのお力を借りるなど、冗談ではありません。わたくしどもは世間の裏、お旗本さまは、江戸の華。格が違いまする」

水屋藤兵衛が否定した。

「……となると、純粋に腕が立つ」

「わたくしのもとにおる者は、船頭あがりが多うございますのでね。板子《いたご》一枚下は地獄の海で、嵐に立ち向かうだけの度胸と、風にあおられる船を押さえこむだけの力がなければなりません」

「船頭か。それならばわかるの」

説明に益満休之助が納得した。

「武器は長脇差か」

「いいえ。刃物で浪人に勝てるはずはございません」

確かめた益満休之助に、水屋藤兵衛が首を横に振った。

「なにを遣う」

「手の内を明かすわけには参りません」

質問への回答を水屋藤兵衛が拒否した。

「水屋、おまえは先ほど裏だと言ったな」

「申しました」

水屋藤兵衛が認めた。

「人を殺《あや》めるのも厭《いと》わぬな」

「それを嫌がっていては、縄張りを守れませぬ」

縄張りは大きな利を生む。その日の飯代で人を殺す者もいる。年に千両以上の金が動く縄張りを奪おうとする者はいくらでもいる。それらを生かして帰しては、意味がない。

「二度と来るな」

そう言って逃がした相手は、次により多くの手下を連れて来る。そうなれば、こちらも被害なしに排除できなくなる。

一度の情けは、かえって仇になる。

「深川は酷《むご》い」

縄張りを狙ってきた者は、皆殺しにしてこそ新たな敵を抑止し、身を守る。どこの顔役も親分も親方も理解し、実行していた。

「金を出す。一人深川から追い出してくれ」

益満休之助が水屋藤兵衛を見つめた。

「わたくしどもは、そのようなお仕事をしておりません」

水屋藤兵衛が断った。

「二十両出そう」

「お金ではございません」

「五十両ならよいか」

「ですから、そういったことはお受けしておりませぬ」

「八十両だ」

水屋藤兵衛の拒否を無視して、益満休之助が値段をつり上げた。

「手出しには厳しく対応いたしますが、こちらから仕掛けるのは先代以来の禁じ手でございまする」

「百両」

「……………」

益満休之助の口から出た金額に、とうとう水屋藤兵衛が黙った。

「先払いしておく」

懐から益満休之助が金包みを四つ出した。

「このようなもの……」

断ろうとした水屋藤兵衛を益満休之助の口から出た名前が止めた。

「深川安宅町の御家人、榊扇太郎」

「えっ……」

「日時は任せる。ではな」

水屋藤兵衛の返事を待たず、益満休之助が座を立って出ていった。

「……そう来ましたか」

しばらくして水屋藤兵衛が口の端をゆがめた。

「榊さま」

「ああ、聞いていた」

壁ごしに話しかけた水屋藤兵衛に扇太郎が応じた。

「どういたしましょう」

「放っておけばいいだろう。日時は指定されていないのだ。五年先、十年先でもかまわないのだからな」

相談された扇太郎が告げた。

第五章　江戸燃える

一

顔役たちが結託して勤王浪人の排除に動いたこと、弱腰の町奉行に業を煮やした老中たちが江戸の治安を取り戻すために動いたこともあり、少しずつながら城下は往時の繁栄を取り戻し始めていた。

とくに勤王浪士と区別の付かなかった新徴組《しんちょうぐみ》に大鉈《おおなた》が振るわれた。

新徴組は、文久三年（一八六三）初頭、十四代将軍家茂の上洛《じょうらく》を警固する浪士隊として募集した浪人たちのうち、新撰組《しんせんぐみ》、清河八郎《きよかわはちろう》勤王志士隊のどちらにも与しなかった者を幕府が再編したものである。江戸へ戻して治安の維持にあたらせたが、もとが喰いつめ浪人であったことが災いし、商人を脅す、無銭飲食を繰り返す、取り調べと称して女に無体を仕掛けるとどちらが取り締まられるべきかわからないありさまであった。

「謹慎いたせ」

老中たち執政は、新徴組を取り仕切っていた高橋泥舟《たかはしでいしゅう》、山岡鉄舟《やまおかてっしゅう》らを呼び出して譴責《けんせき》、屋敷での慎みを命じた。

「任せる」

浪士に人気のあった高橋泥舟たちを切り離した幕府は、新徴組を庄内《しょうない》藩酒井左《さかいさ》衛門尉忠篤《えもんのじょうただすみ》に預けた。

しかし、浪士たちがそう簡単に大人しくするはずもなく、十一月、江戸市中取締を酒井家が命じられた後も、なかなかうまくはいかなかった。

「新徴組を組み分けし、それぞれに藩士を頭として付ける」

浪士だけでの行動を禁じ、

「軍事教練を受けさせる」

洋式歩兵の訓練を浪士たちに課して、ようやく市中取締の形を取り始めたのが、つい最近のことであった。

「大人しくいたせ」

新徴組浪人と勤王浪人とは相容《あいい》れない。

勤王浪人は、江戸の人心を乱し、将軍への崇敬を落とすのが目的であり、新徴組は江戸の治安を維持するのが役目なのだ。

「黙れ、幕府の犬」

勤王浪人と新徴組は出会うたびに戦いとなった。

「くたばれ」

「なんの」

あちこちで斬り合いが始まる。

「危ねえ」

「逃げろ」

巻きこまれてはたまらんと庶民たちは逃げ惑い、治安がよくなっているのか、悪化しているのかわからない状況を作り出していた。

「迷惑千万」

「縄張り荒らしも同然」

黙っていた顔役も動き出した。

水屋藤兵衛と天満屋孝吉が浪人排斥に出たというのが大きかった。

「深川と浅草にできて、どうしてできないので」

「このままでは、合力は今後なかったことにさせていただきましょう」

金をくれていた商家から絶縁状を突きつけられては、対応せざるを得ないのだ。

ここでなにもしないという選択肢をとれば、身の安全は保証されるだろうが、金主から見捨てられる。

顔役は金と暴力で縄張りを維持していた。このうち暴力が浪人に取って代わられている、そこに金主を失えば、顔役だとか親分だとかいう基盤が消え去る。

「縄張りから出ていけ」

「やっちまえ」

商家や食いもの屋から勤王浪人が来たと報せがあると、顔役は配下を走らせる。

「志士に向かって無礼な」

「無知蒙昧な無頼が、生意気な。天誅を加えてくれるわ」

勤王浪人も抵抗する。逃げ出すようでは、役立たずとして薩摩藩から見捨てられ、また廃寺で夜具もなく、その日の食い扶持をどうやって稼ぐかの日々に戻らなければならなくなる。

顔役の配下を斬り払っても、無事ですむとは限らない。腕を折られたり、足をやられたりして、戦えなくなる者も出る。

こうして勤王浪人たちの被害は、ある一定で抑えられるようになった。

「ちいとまずいのではないか」

南部弥八郎が苦い顔をした。

当初の目的が果たせなくなってきていると、南部弥八郎が益満休之助に対処を求めた。

「大丈夫だ。喰いつめ浪人ならいくらでも補充は利く」

益満休之助が平然としていた。

「数だけ揃っても、効果が出ていなければ意味がないだろう」

南部弥八郎が益満休之助に反論した。

「そうだぞ、休之助」

肥後七左衛門も南部弥八郎と同じだと言った。

「そうだな」

益満休之助が思案した。

「では、狙うところを変えさせよう」

「商家ではないところか」

「ああ。我らの邪魔をする顔役を襲わせる」

南部弥八郎に問われた益満休之助が答えた。

「なるほど、それも一手だな。我らの邪魔をする連中を片付ければ、少なくとも次の顔役が決まるまで、したい放題になる」

南部弥八郎が名案だと讃えた。

「それはいいが、深川のなんとかいう顔役は、どうなっているのだ。百両という金を渡したのだろう」

思い出したように肥後七左衛門が益満休之助に問うた。

「なんの連絡もないな」

顔色一つ変えず、益満休之助が告げた。

「だまし取られたのではないのか」

南部弥八郎が目をすがめた。

「そうでないとは言いきれぬが、深川は江戸ではないからな。とりあえず、あの榊という御家人を深川から出られなくしてくれればいい」

「それすらどうなのだ。そもそも顔役などといったところで、無頼の親玉でしかないのだろう。信用できぬ」

肥後七左衛門が不信感をあらわにした。

「深川で遊ばせている連中によると、水屋藤兵衛の手の者が深川安宅町の榊屋敷を見張っているとのこと。榊もそれに気づいているのか、屋敷の出入りはまったくないらしい」

益満休之助は、水屋藤兵衛との交渉後、七草たち浪人に手分けして扇太郎の見張りもするように命じていた。

「足留めできればいい。最初に逆らった浅草の天満屋孝吉を最初に血祭りにあげるのだ。援軍として来られては面倒だろう」

「たしかにな。で、どのくらいの浪人を動員するつもりだ」

南部弥八郎が訊いた。

「浅草は縄張りも大きく、配下も多い。詳細を確かめてからでなければ、はっきりと決められぬが、十名以上は出す」

「足りるのか」

益満休之助の試算に、肥後七左衛門が疑問を呈した。

「それ以上多いと、新徴組が出てくるだろう」

「……たしかに」

面倒くさそうな益満休之助に、肥後七左衛門も同調した。

「数日様子を見させて、あきらかに足りぬようならば二手に分けるなどして、増やすことも考えている」

益満休之助が述べた。

「のう、休之助。調べに出た者どもで、間引《まび》きをさせてはどうだ」

南部弥八郎が提案した。

「ふむ……こちらの意図を相手に悟られる怖れはあるが……」

益満休之助が考えた。

「減らせるときに減らすのは意味があるな」

「であろう」

認めた益満休之助に南部弥八郎が胸を張った。

「いや、それを逆手に取るか」

ふと益満休之助が思いついた。

「逆手に取るとは」

「配下を殺された天満屋は榊に助けを求めるだろう。屋敷に籠もられていては、なかなか手出しも難しいからな。穴に入った蟹《かに》は、釣り出して潰すのが良手」

益満休之助が説明した。

「ついでに水屋へ人をやり、榊が屋敷から出たら襲えと告げておけば、裏切ったかどうかすぐにわかる」

「裏切っていたらどうする」

「今は新徴組、顔役と敵が多い。川向こうまで手を出している余裕はないぞ」

南部弥八郎と肥後七左衛門が懸念を表した。

「放っておく。我らが徳川を潰すまでな」

益満休之助が目つきを厳しいものにした。

「我らのものとなった江戸に、顔役などという輩の巣喰う場所はない」

冷たく益満休之助が宣した。

二

浅草寺を抱える浅草は、他所からの出入りも多い。

「面倒になったな」

「ああ。区別がつかねえぞ」

天満屋孝吉の配下たちが、少し離れたところにいる浪人たちを見つめてぼやいていた。

「旗があれば新徴組だっけ」

「のはずだ」

配下たちは目をこらした。

庄内藩酒井家が新徴組を立て直したことで、浪人による市中取締が始まった。だが、揃いの隊服を身につけているわけでもない浪人の区別なんぞ、つくはずもない。そこにいるのが、薩摩浪人なのか、新徴組なのか、一々確認しなければならなくなり、天満屋孝吉の配下たちは苦労していた。

「旗があるぞ」

「なら、あれは新徴組だな」

配下二人がため息を吐いた。

「あいつらもやっちまっちゃいけないのかねえ。新徴組だ、御上のお抱え浪士だと言って、結構荒らしてくれたじゃねえか」

一人が文句を口にした。

「そうなんだけどよ、今は酒井さまのお預かりだからな。それに最近は大人しいしの」

もう一人が慰めた。

「確かめてからになったおかげで、不意討ちができなくなったのも辛いな」

「それはあるな」

浪人とみれば排除していたのが、今は区別を付けてからになるため、初動が遅れて相手に気づかれたり、対応されたりする。

「弥助《やすけ》が怪我しただろう」

「一造《いちぞう》もな。うん」

顔を見合わせた二人が、気配を感じて振り向いた。

「しゃっ」

「やあ」

いきなり背後から斬りつけられ、天満屋孝吉の配下二人が倒れた。

「よし、行くぞ」

「止めは刺さぬのか」

襲い来た浪人が二人を見下ろした。

「殺しても良いが、戦えなくするだけでもいい。ここでときを喰って、新徴組に見つかってはことだ」

「そうだの」

二人の浪人が去って行った。

配下が傷つけられた。この一報はただちに天満屋孝吉のもとへもたらされた。

「反撃に来たか、薩摩浪人どもめ」

天満屋孝吉が憤った。

「いいか、絶対に一人で動くな。最低二人で組め。周囲への注意を怠るな」

配下たちに注意を促し、己は店に籠もった。

だが、襲撃は防げなかった。二人一組ていどならば、浪人四人に囲まれればそれまでであった。十日も経たずに、天満屋孝吉の戦力は半減した。

「まずいな」

天満屋孝吉が顔色を変えた。

「用心棒を求めるわけにもいかない」

雇った用心棒が、敵になる可能性もある。信用できない者を迎え入れられる状況ではなかった。

「いたしかたない、榊さまにお手伝いいただきますか」

天満屋孝吉が店の奉公人を使いに出した。

「わかった」

扇太郎は天満屋孝吉の依頼に応じた。

「おい」

見張っているといった顔で立っている水屋藤兵衛の手下を、扇太郎は屋敷へ招き入れた。

「水屋に伝えてくれ」

天満屋孝吉の窮状を扇太郎は告げた。

「へい。で、どうしやす」

水屋藤兵衛の手下が、やはり扇太郎を見張っている七草たちのことを訊いた。

「押さえてくれ」

「承知しやした」

手下がうなずいて出ていった。

「おい、どうなっている」

扇太郎を見張っていた七草が、水屋藤兵衛の手下が招き入れられたことに驚いた。

「やはり繋がっていたのか」

七草が水屋藤兵衛と扇太郎の関係を認識した。

「益満どのに報せねば。その前に砂川たちと合流せねば」

もし扇太郎と水屋藤兵衛が本当に手を組んでいたならば、七草たちは泳がされていただけになる。今までは人畜無害で見逃されてきたが、いつ掌が返されても不思議ではなくなった。

「二度と両国橋を渡れまい」

金のためとはいえ、命を捨てる気はない。七草はあわてて仲間と合流しようと考えた。

「水屋近くにいるはず」

七草は急いだが、すでに遅かった。

水屋の前に砂川たちが捕らえられていた。

「なぜ、先回りされた覚えは……」

水屋藤兵衛の配下が扇太郎の屋敷に入るのを見てすぐに動いたのだ。どうやっても七草のほうが早い。

「深川には水路が縦横に巡っている。歩くより、船のほうが便利なんだよ。それくらい気づいていなかったのか」

水屋藤兵衛が七草を嘲笑した。

「くそっ」

七草が仲間を見捨てて背を向けた。

「親方、追いやすか」

「すでに両国橋は封じている。逃げ出せやしないさ」

問うた配下に水屋藤兵衛が告げた。

「こいつらはどうしやす」

「しばって船倉へ入れておけ」

砂川らの処遇を尋ねられて、水屋藤兵衛が指示した。


七草たちの報告が途切れた。

「やはりな」

益満休之助は水屋藤兵衛にだまされていたことを確信した。

「出てくるぞ」

「榊とかいう御家人がか」

南部弥八郎が確認した。

「ああ。あいつは遣える」

険しい表情で益満休之助がうなずいた。

「我らが出ればいいではないか。示現流《じげんりゅう》は無敵だぞ」

肥後七左衛門が述べた。

示現流は薩摩のお止め流、門外不出の剣術である。天を突き刺すようにまっすぐ掲げられた太刀を、駆け寄りざまに思いきり振り落とす。己の防備も外されたとき、防がれたときの二の太刀も考えず繰り出す一撃は、腕ほどの木を一刀で断ち割るだけの威力を誇った。

「藩士が旗本を殺すのはまずい。やってしまえば、大義名分は徳川に付く。そうなれば、将軍は声高に薩摩の暴虐を京で広めるだろう。公家どもがどう靡《なび》くかわからぬぞ。西郷どんが積み重ねてきたものが一瞬で崩れ去るかも知れぬ」

「それはまずい」

「西郷どんに傷が付いてはならん」

益満休之助の言葉に、南部弥八郎と肥後七左衛門が大きく反応した。

「藩士は出せん」

「ならば、拙者が脱藩しよう。藩を抜ければ……」

もう一度言った益満休之助に、南部弥八郎が告げた。

「甘い。おぬしの顔は知られている。幕府の犬が屋敷を見張っていることぐらいわかっているだろう。今更脱藩したなど通じるか。幕府はなんとしてでも薩摩あるいは長州に失点を犯させたいのだ」

益満休之助が首を左右に振った。

「むう」

南部弥八郎が唸った。

「浪士だけでやるしかない」

結論を益満休之助が出した。

「天満屋の戦力はどれくらい削った」

「半分近くまで減らしたはずだ。残りは天満屋を入れて十人もおるまい」

肥後七左衛門の質問に益満休之助が答えた。

「浪士十人ではちと辛いか。新徴組と出会うかも知れぬしの」

南部弥八郎が腕を組んで悩んだ。

「別のところで騒ぎを起こし、新徴組は遠ざける」

「陽動は良案だ。そちらは拙者が手配しよう」

益満休之助の案を肥後七左衛門が引き受けた。

「拙者はどうする」

役目を与えろと南部弥八郎が求めた。

「おぬしには屋敷を任せる」

浪人たちを総動員するわけではないが、かなり手薄になる。そこを幕府が狙って来るかも知れない。

「堂々と幕府、いや徳川には屋敷を襲ってもらわねばならん。どこの誰かわからぬ連中に蹂躙《じゅうりん》されたでは、困る」

「わかった。引き受けよう」

南部弥八郎が首肯した。

「決戦は明日だ」

益満休之助が南部弥八郎と肥後七左衛門の顔を順番に見つめた。

「おう」

「我らの計画を大きく狂わせてくれた天満屋と榊に天罰を下すのだ」

南部弥八郎と肥後七左衛門が益満休之助に合わせた。

「勝つぞ」

益満休之助が宣した。

三

扇太郎は水屋藤兵衛の配下と両国橋で別れた。

「これ以上は……」

縄張りを出てしまうと配下たちが申しわけなさそうに首を横に振った。

「いや、助かった」

扇太郎は無理を言わず、背を向けた。

「奥方さまのことはお任せくだせえ」

「…………」

声をかけた配下に、扇太郎は無言で手をあげて応じた。

「早速か」

両国広小路を横切ったところで、扇太郎の前に浪人が二人立ち塞がった。

「榊だな」

背の高い浪人が確認した。

「…………」

答えることなく、扇太郎は抜き撃ちに斬りかかった。

「ぎゃあ」

袈裟懸《けさが》けにされた背の高い浪人が絶叫した。

「きさま、いきなり……」

残った浪人が慌てて間合いを空けた。

「刺客《しかく》だろう。それが襲いかかる寸前に確認してどうする。心得不足だ、馬鹿が」

扇太郎が罵倒した。

「くそっ」

頭に血がのぼった浪人が、太刀を鞘走らせて突っこんできた。

「ふん」

斬り合いは落ち着いた者の勝ちである。扇太郎は相手の太刀筋を読んで、わずかな動きでこれをかわした。

「おわっ」

全身の力をこめて放った一撃が空を斬り、浪人が体勢を崩した。

「やっ」

その胸に扇太郎は太刀を突き刺した。

「足留めだな」

さしたる腕でもない二人だけを向けてきた。扇太郎は時間稼ぎだろうと見た。

「天満屋が襲われているな」

扇太郎は走り出した。

浅草の表通りに面している天満屋は、古着を軒先からつるし、暖簾代わりにしている。こうすれば古着屋だと一目瞭然になり、迷うことなく客が来る。

それが仇になった。

古着が目隠しになり、浪人たちの接近を許してしまったのだ。

「旦那、蔵へ」

気づいた番頭が、声をかけるのが精一杯であった。

天満屋の蔵は特別な仕掛けがあり、なかに閉じこもることができるようになっていた。縄張りを狙って来る連中から身を守る最後の砦《とりで》として設けられていた。

「間に合わない」

しかし、天満屋孝吉がそこに逃げこむまでのときが稼げなければ意味はない。手下の半分を戦力から失い、残った者の何人かを縄張りの見廻りに出している今、とても逃げこむ余裕はなかった。

なにより、天満屋孝吉が蔵に閉じこもったなら、火をかけるくらいのことはしかねない。顔役の家から火事を出し、縄張りに延焼させる。なんとしてもこれだけは避けなければならなかった。

「わたくしどもが……」

番頭が防ぐと言いかけたのを天満屋孝吉が遮《さえぎ》った。

「おまえたちこそ、逃げなさい。顔役として狙われたわたしにつきあうことはないよ」

天満屋孝吉が顔役としての矜持を口にした。

「鳶蔵《とびぞう》、喜七《きしち》、三太郎《さんたろう》、傘吉《かさきち》、おまえたちはつきあえ」

「へい」

「合点で」

顔役としての手下たちに天満屋孝吉が命じ、皆うなずいた。

「店が無事であったらおまえにあげるよ。その代わり奉公人のこと頼みました」

奉公人の面倒さえ見られなかったと言われるのは主として恥であった。

「旦那……」

「行きなさい。逃げられなくなってしまうから」

泣きそうな番頭を天満屋孝吉が急かした。

「最後の誇りを見せてやりなさい」

天満屋孝吉が皆を鼓舞した。

「天誅だ、天満屋。ええい、邪魔な」

最初の浪人が、つってある古着を太刀で払いながら突っこんできた。

「させるかよ」

匕首を抜いた喜七が腰だめにして突撃した。

「おわっ」

古着を払ったことで太刀は横へ流れている。脇が空いた浪人は対応できず、喜七に腹を刺された。

「ぐうう」

浪人が膝を突いた。

「なにをしておる、どけ」

仲間の浪人を蹴飛ばして二人目が侵入した。

「雑魚《ざこ》が」

「ぎゃっ」

膝を突いた浪人に刺さった匕首を抜こうとした一瞬の遅れが、喜七の災いとなった。右肩を割かれた喜七が崩れた。

「喜七……このやろう」

仲間をやられた傘吉がかっとなった。

「落ち着け、傘」

天満屋孝吉の声も虚《むな》しく、傘吉が匕首を抱えて浪人の懐に飛びこんだ。

「下郎」

浪人が咄嗟《とっさ》に太刀を突き出した。

「ぐえええ」

太刀に腹を貫かれながらも、傘吉は浪人の腹に匕首を叩きこんだ。

「……こいつ」

「があぁ」

浪人が太刀の柄から手を放して、傘吉の身体を離そうとした。傘吉が身体を押しつけるようにして匕首で浪人の腹をえぐった。

「くそっ、くそっ」

腹をやられたら助からない。傘吉を蹴り飛ばして離れた浪人だったが、力なく座りこんでしまった。

「えへへっ、一人」

傘吉が浪人の落とした太刀を拾った。

「親方、お世話になりやした」

地回り、無頼の常、胸から腹へ晒しをきつく巻いていたおかげで、傘吉は腹をやられても内臓をはみ出さずにすんでいた。とはいえ、即死しないというだけで、どれほどの名医を呼んでも二日は保たない。

「三途の川の渡し場で待ってろ。すぐに追いつく」

別れを告げた傘吉に、天満屋孝吉も応じた。

「へい」

うなずいた傘吉が、店を出て行った。

「止めを刺しておけ」

氷のような声で、天満屋孝吉が指図した。

「…………」

鳶蔵が無言で、倒れている浪人の首筋へ鳶口《とびぐち》を喰らわせた。

もと火消しの鳶蔵は鳶口を得物《えもの》として遣っていた。二尺（約六十センチメートル）ほどの柄の先に小さな鎌を付けたような形の鳶口は、切っ先を打ちこんで引くようにして遣う。火事場で邪魔な木材を除《の》けたりするのに適した形状は、人に用いられたとき強力な武器になる。ところどころに金輪を嵌《は》めた柄は、太刀の一撃でも受け止められるし、受け止められたところで引くようにすれば、切っ先が敵の腕なり肩なりに喰いこむ。

「ぎゃあ」

「生意気な」

店の外で悲鳴が聞こえた。

「傘吉……」

「出るな。囲まれるぞ」

飛び出そうとした三太郎を鳶蔵が止めた。

「しかし、兄い」

三太郎が鳶蔵を見た。

「少しでも長引かせるんだ。榊さまがお出でくだされば、親分は助かる」

「……へい」

鳶蔵の説得に、三太郎が頭を垂れた。

「面倒かけやがって」

そこへ浪人がぞろぞろと入ってきた。

「まったく、たかが地回りていどに二人もやられる……四人か」

入ってきた大柄な浪人が、土間で死んでいる二人の浪人を見て頬をゆがめた。

「傘吉の野郎、三人も連れて行きやがった」

誇らしげに鳶蔵が笑った。

「さすがは、傘吉だ」

三太郎も称賛した。

「ふざけたことを」

大柄な浪人に続いた髭面《ひげづら》の浪人が憤慨した。

「矢野氏、拙者に任せていただこう」

「わかった」

髭面の浪人の申し出を矢野が認めた。

「勤王の志士さまが、善良な商人を襲うのでございますか」

天満屋孝吉が苦情を申し立てた。

「善良とはよく言った。我ら勤王の志士の邪魔をしたのはおまえらだろう。野田と芋川を殺したきさまらは朝廷に刃向かったのだ。国賊にかける慈悲などないわ」

髭面の浪人が、天満屋孝吉を怒鳴りつけた。

「強請集りを天朝さまが命じられたとは思えませんがねえ」

「今上さまの勅、攘夷をするには金が要る。その金を出すのは朝廷の民の義務だ」

矢野が加わった。

「てめえでも思っていないことを口にするもんじゃねえぞ」

がらりと口調を変えて天満屋孝吉が言い返した。

「薩摩の犬が、一人前の顔をするねえ」

「無礼ものめ。大住《おおすみ》、遠慮は要らぬ。やってしまえ。皆もかかれ」

髭面をけしかけたうえで、矢野が後ろに集まっていた浪人たちに命じた。

「おうよ」

太刀を手に髭面の浪人が三太郎へ歩を進めた。

「でくのぼうが」

三太郎が匕首を逆手に構えた。

「吾が念流技を見ろ」

髭面の浪人が太刀を前に傾けた。

「手柄を立てるのは今ぞ」

「朝廷の旗本になるのだ」

矢野の後ろに控えていた浪人たちが店のなかへ足を踏み入れた。

「押すな。狭い」

「気を付けろ、味方の太刀で怪我をするな」

入った浪人たちの動きが制限された。

「長いだんびらなんぞ、振り回すからだ。屋内で長いものは使い勝手が悪いなど常識だろうが、唐変木どもめ」

鼻で笑った鳶蔵が鳶口を横から薙いだ。

「おわっ」

あわてて下がろうとした浪人だったが、後ろから押してくる仲間に邪魔された。

「……ぐえ」

鳶口を左脇腹に喰らった浪人が苦鳴《くめい》を漏らした。

「一人目」

刺さった鳶口を手前に引けば、脇腹を断ち割って切っ先が出てくる。左脇腹には致命傷になるような内臓はないが、大きく腹の筋をやられては力が入らず、戦力からは脱落する。

「町民風情が」

隣の浪人が慌てて太刀を振りあげた。

「喰らえっ……えっ」

太刀を落とそうとした浪人が唖然とした。太刀の切っ先がつるしてある古着に引っかかっていた。

「あほう」

鳶蔵が鳶口を叩き付けた。

「ぎゃっ」

胸に鳶口を打たれた浪人が死んだ。

「二人目」

鳶蔵が口の端をつり上げた。

「うろちょろと、じっとせい」

大住が三太郎を睨みつけた。

「黙ってやられるほど甘くはねえよ」

三太郎が前後左右に足を出したり引いたりしながら、間合いを許らせないようにしていた。

「ええい、うるさいやつめ」

大住が我慢しきれず、太刀を八相にして前へ踏み出した。

「待ってたぜ」

その瞬間、合わせるように三太郎が前に出て、踏み出した大住の左足へ匕首を刺した。

「あうっ」

足の筋を割られると、人は立っていられなくなる。大住が転がった。

「死んどけや」

三太郎が大住の顔につま先を蹴り込んだ。

「………」

鼻の下、急所の人中《にんちゅう》をやられた大住が意識を失った。

「さて、次は、鳶蔵の兄いの右をやるとするか」

三太郎が前に出た。

狭い店のなかだからこそできた鳶蔵と三太郎の活躍だったが、得物の長さ、数の違いにいつまでも逆らい続けることはできなかった。

「ええい、情けない」

次々と減る仲間に業を煮やした矢野が、脇差を三太郎へ向けて投げた。

「…………」

多くの浪人と対峙《たいじ》してきた三太郎の息はあがり、咄嗟の反応が遅れた。

「……三太郎」

胸を脇差で貫かれた三太郎が崩れ落ち、天満屋孝吉が唇を噛んだ。

「くそっ」

鳶蔵も苦い声を出したが、三太郎のもとへ駆けつける余裕はなかった。二人で塞いでいたところが半分開いた。後ろに回りこまれるのを防ぐことはできなくなった。

一人で残った浪人を支えることはできない。

「てめえも死んどけ」

覚悟を決めた鳶蔵が鳶口を振るいながら、浪人のなかへ吶喊《とっかん》した。

「ぐおっ」

「ぎゃあああ」

鳶口で二人の浪人の頭を割ったが、守りを捨てた攻撃は続かない。

「こいつがあ」

仲間の頭に喰いこんだ鳶口の勢いが止まったところを別の浪人が狙った。

「よくやった。喰らえ」

褒めた矢野が、太刀で鳶蔵の首筋を切った。

「ああああああ」

首の血脈から血を噴き出して鳶蔵が倒れた。

「……すまん」

天満屋孝吉が三太郎と鳶蔵に瞑目した。

「あきらめろ、天満屋。半分に減ったとはいえ、こちらにはまだ八人いる」

矢野が天満屋孝吉へ迫った。

「そうはいかねえな。子分たちが精一杯戦って死んだんだ。親分がなにもせずにあきらめたんじゃ、地獄で合わせる顔がねえだろう」

言いながら、天満屋孝吉が懐から匕首を出した。

「できもしねえまねをするな。親分とふんぞり返るだけで、刃物なんぞ持ったこともないだろうが」

矢野が嘲笑《あざわら》った。

「縄張りは、待っていれば棚から落ちてきてくれるわけじゃねえんだぜ」

天満屋孝吉が笑った。

「黙れ」

矢野の右隣にいた浪人が天満屋孝吉へと近づいた。

「喰らいな」

天満屋孝吉が足下の敷きものを投げた。

「おわっ」

顔目がけて飛んできた敷きものを避《よ》けようと浪人が身体を開いた。

「どうだ」

天満屋孝吉が匕首を突き出した。

四

二人の浪人を退けた扇太郎は駆けに駆けた。

両国広小路から浅草まではさほど離れていない。とはいえ、すぐという距離ではなかった。

「見えた」

見慣れた浅草の風景のなかに、扇太郎は天満屋を見つけた。

「ちぃい、なかに入られている」

天満屋の店先に浪人の姿を認めた扇太郎が舌打ちをした。

「間に合え」

扇太郎は太刀を肩に担いで、足により一層の力をこめた。

「どうなっている」

「篠《しの》と佐山《さやま》、向田《こうだ》もやられた」

すっかりなかに注意を奪われている浪人たちの後ろから扇太郎は無言で襲いかか

った。

「…………」

「がっ」

「な……わくっ」

話していた二人の後ろ首を扇太郎は刎《は》ねた。

後ろ首をやられた人は即死する。その死体を扇太郎は蹴り飛ばした。

「がっ。なんだ」

仲間の死体を背中にぶつけられた浪人が、息を詰まらせながら振り向いた。

「誰だ、きさま。新徴組か」

貧乏御家人の風体など、浪人よりも酷い。背中に死体を喰らった浪人が、扇太郎を新徴組と見間違えたのも無理はなかった。

「新徴組だと。そんなはずはない。今ごろ、新徴組は谷中《やなか》に集まっているはずだ」

矢野が反応した。

「どちらにせよ、敵だ。排除せい」

「承知、ぎゃあぁ」

手に太刀は持っていても、すぐに背後の敵に対応できるものでもない。

「遅いわ」

首肯した浪人が対峙するまで、待ってやるほど扇太郎は甘くなかった。

「背後からとは、卑怯な」

その隣にいた浪人が急いで太刀を構えた。

「商人の店を多くの浪人で襲う。これが卑怯でないなら、後ろから斬りかかるなど、正々堂々だろう」

扇太郎は口の端をつり上げた。

「これは正義の……」

「正義を口にできるのは、神仏だけよ。人に正義はない」

言い返そうとした浪人を扇太郎は薙ぎで屠《ほふ》った。

「榊さま……」

店の奥で天満屋孝吉が扇太郎の名前を呼んだ。

「きさまが、榊か」

矢野が扇太郎をあらためて見直した。

「すまぬ。遅くなった」

「いえ、こちらこそ、申しわけもございません。お手助けいただいてもお金を払えなくなりました……ごふっ」

詫びた天満屋孝吉が血を吐いた。天満屋孝吉の右胸辺りが血に濡れていた。

「天満屋……」

「しゃああ」

呆然《ぼうぜん》とした扇太郎をここぞとばかりに、矢野の隣にいた浪人が斬りかかった。

「無粋なことをするな」

扇太郎はそちらを見もせず太刀を薙ぎ、その浪人を両断した。

「……間合いが違う」

矢野を挟んで反対側にいた若い浪人が、絶句した。

「片手薙ぎは伸びるというが、あれほどの威力が出るとは……」

矢野も唖然としていた。

「天満屋、あとどのくらい保つ」

「こ、小半刻《こはんとき》の、は、半分といった……ところでしょうな。そろそろ痛みも感じなくなって……きました」

あえぎながら天満屋孝吉が扇太郎の問いに答えた。

「十分だ」

扇太郎が矢野と若い浪人に身体を向けた。

「貴重なんでな、さっさと死ね」

静かな怒りを扇太郎が太刀にこめて、若い浪人へ踏み出した。

「あわっ」

殺気を受けた若い浪人がおたついて、太刀を振り回した。

「馬鹿、やめろ」

巻きこまれそうになった矢野が、あわてて若い浪人から離れた。

「ふん」

その態度を鼻で笑いながら、扇太郎が太刀を下段に変え、勢いのまま斬りあげた。

「ひえっ……ぎゃあ」

切っ先は円を描くように伸びる。最初薄く下腹を斬られた若い浪人の腹が大きく割けた。

「中身が、中身が……」

腹膜が破れた途端、なかに押しこまれていた腸があふれ出す。若い浪人が刀を放り出して、両手で己の腸を抱きかかえた。

「下沢《しもさわ》……」

矢野が凄惨な状況に、息を呑んだ。

「さて、残るはお前だけだ。薩摩浪人」

扇太郎が血刀を矢野に模した。

「ま、待て。我らは勤王の志士として、庶民を圧している無頼の首魁《しゅかい》を討伐に来ただけで……」

「本気でそれを言っているならば、生きている意味はねえな」

太刀を扇太郎が脇に引きつけた。

「えいっ」

天井からつり下がっていた古着を扇太郎がまとめて斬り落とした。

「……ごくっ」

矢野が唾を飲んだ。

ぶら下げられている着物を斬るのは、かなりの腕が要った。力をこめただけでは、つり下がった着物は揺れて、勢いを吸収、あるいは発散させてしまう。斬り落とすには、力ではなく勢いと、刃筋を合わすだけの技量が要った。

「益満だな」

「…………」

断定した扇太郎に、矢野が黙った。

「知っているか。沈黙は肯定だそうだぞ」

扇太郎が笑った。

「勝手な想像をするな」

矢野がゆっくりと足下を確かめるように体勢を変えた。

「襲われたんだからな。こっちの好きに考えるさ」

合わせるように扇太郎も位置を取った。

「しゃっ」

矢野が太刀を振った。

「…………」

間合いが遠い。見せ太刀だとわかっていた扇太郎は微動だにしなかった。

「くっ」

見せ太刀は、それに応じて相手がどう出るかを見極めるためのものであり、動じなければ、二の太刀を放つわけにはいかなくなる。

「おう」

今度は扇太郎が切っ先を動かして威圧した。

これも剣術の定石であった。相手の気合いを受けるだけでは、萎縮してしまったり、筋が固まって、太刀の出が悪くなる。一度受けたならば、一度浴びせておくべきであった。

「むっ」

矢野が太刀に力を入れ、扇太郎の威圧に耐えた。

「少しは遣えるようだが、格下ばかり相手にしてきただろう。ちいと鈍《なま》っているぜ」

扇太郎が挑発した。

「…………」

額に汗を掻いた矢野が沈黙した。

そもそも勤王の志士を騙る薩摩浪人に国事に殉《じゅん》ずる気概などない。ただ、庶民を脅して金を巻きあげ、それで生きていけばいいのだ。

怒りを剣にのせた扇太郎に押されて、矢野の切っ先が下がった。

「ちっ」

矢野が背を向けて逃げ出そうとした。

「逃がすか」

目が泳いだ矢野が次にどう出るかなど、扇太郎には十分承知であった。

大きく跳んだ扇太郎が、背後から矢野を幹竹割《からたけわり》にした。

「……ぬえい」

「見せしめには見せしめだ。十五人の浪人が全滅したとあっては、益満といえども、もう馬鹿はできめえ」

薩摩浪人が十人をこえる大人数で浅草の古着屋に押しこんだのだ。さすがにこうなれば、幕府も見過ごせなくなる。少なくとも薩摩藩下屋敷への見張りは厳しくなる。

無関係を装うにも、浪人がたむろしているだけならば、知り合いを訪ねて来たとの言いわけもできるが、大挙して門を出ていったとあれば、それでは通らなくなる。

「待たせた、天満屋」

扇太郎が刀を懐紙で拭《ぬぐ》い、鞘へ納めた。

「……すさまじいですな」

力なく座りこんでいた天満屋孝吉が口を開いた。

「さすがは名刀正宗《まさむね》だ」

扇太郎が愛刀を褒めた。

「刀よりも……榊さまの腕でございい、ますよ。まったく、変わりのない」

天満屋孝吉が苦笑した。

「すまねえな。助けられぬ」

天満屋孝吉の前にあぐらを掻いた扇太郎が頭を下げた。天満屋孝吉の傷は深く、血が流れすぎていた。

「わかっております。若い者を先に、い、逝かせてしまいましたし、か、還暦近くまで生きられました」

小さく天満屋孝吉が首を横に振った。

「榊さまを雇えなかったことだけが……残念で」

天満屋孝吉が笑った。

「それだけか、言い残すことは」

扇太郎が訊いた。

「一つ、ございます」

かっと天満屋孝吉が目を見開いた。

「江戸の行く末を……見届けて、ください」

天満屋孝吉がしゃくるように続けた。

「し、将軍さまのお、城下が、武士の天下が、続くかどうかを」

じっと天満屋孝吉が扇太郎を見つめた。

「……わかった」

少しだけ考えて扇太郎が首肯した。天満屋孝吉の瞳に映った真摯な色に、扇太郎は負けた。

「長くのおつきあい、あ、あり……」

礼を言い終わる前に天満屋孝吉の命が尽きた。

「最後まで気遣いやがって。この足で吾が薩摩屋敷に討ち入るのを止めやがった。遺言とあれば、辛抱するしかねえ」

扇太郎が、天満屋孝吉をそっと横たえた。

いかに扇太郎が強くとも、敵の本拠である三田の下屋敷へ攻め入っては勝てない。数の違いだけでなく、怒りに吾を忘れていては十全に戦うどころではなかった。

「だが、許しはしねえ」

悔しさで噛みきった唇から血を流しながら、扇太郎が宣した。

五

浅草の顔役が薩摩浪人に襲われて全滅した。

江戸中の顔役が震撼《しんかん》した。いや、顔役だけではなかった。町奉行所も火付盗賊改方も顔色をなくした。

「役立たずにもほどがある」

庶民が町奉行所と火付盗賊改方に見切りを付け、離れていった。

「お代をいただきます」

「お帰りを」

いつもならば日頃のお礼と称して、飲み食いをただにしてくれる茶店や料理屋で請求されるようになり、小遣い銭をもらいにいった商家で、冷たくあしらわれるようになった。

町奉行所の役人や火付盗賊改方の与力、同心が薄禄ながら贅沢できていたのは、こういった余得があったからだ。それを失えば、それこそ食べていけなくなる。

「どこの者だ」

町奉行所と火付盗賊改方が躍起になって、町内の巡回を始めた。

「我らを遠ざけるための策であったとは」

浅草でことのあった日、徳川家の菩提寺《ぼだいじ》でもあり祈願寺でもある寛永寺《かんえいじ》近くの谷中に勤王浪人が集まっているという報せで、新徴組は大挙してそちらの制圧に出向いていたのだ。その留守を狙われた形となった新徴組も憤った。

「さすがに無理でござる」

残った薩摩浪人たちが、別の顔役を襲撃することを嫌がった。

「無駄に浪人を減らすわけにもいくまい」

薩摩藩下屋敷用人の決断で、しばらく大きな動きは自粛することになった。

「気をつけろよ」

南部弥八郎が、益満休之助に警告した。

「榊か」

「そうだ。知人を殺されたのだ。それも薩摩浪人にだ。当然、裏におるのがおぬしだと知られているぞ」

苦い顔をした益満休之助に、南部弥八郎が述べた。

「たいした腕の者はいなかったとはいえ、十五人が壊滅した。一人として逃げ出せなかったというのは、脅威である」

よほどの名人でも三人を相手にすると、一人は逃がす。それだけ一対多の戦いは厳しい。

「それほどの腕とは見えなかったが……怠惰な、生きていく目標もなく、その日その日を不満のうちに過ごす、どこにでもいる貧乏御家人にしか見えなかった」

かつて天満屋孝吉に殺されたと思われる浪人二人のことを調べたときに出会った扇太郎を益満休之助が思い出した。

「人は見かけによらぬぞ」

肥後七左衛門が話に加わってきた。

「当分の間、手出しは無用」

「わかっている」

益満休之助が不満そうな顔をした。

「京の西郷どんから連絡が来た。どうやら京で徳川を追い詰める算段が整ったそうだ」

「それは重畳《ちょうじょう》」

「よしっ」

肥後七左衛門の言葉に、益満休之助と南部弥八郎が歓声をあげた。

「ただ土佐に妙な気配があると懸念されておられる」

「土佐か、容堂《ようどう》公は幕府に近い」

「裏切るようならば、土佐も潰せ」

西郷吉之助の心配を告げた肥後七左衛門に、益満休之助らが怒気を露わにした。

「とにかく、あと少しじゃ。辛抱ぞ」

「わかっておる。木曽川以来、関ヶ原以来の恨みぞ。一月や二月、どうということはない」

釘を刺された益満休之助がうなずいた。

長州藩と組んで朝廷を掌握し、倒幕を考えていた薩摩藩の思惑を土佐藩が邪魔をした。

「大政奉還をなされよ」

家臣後藤象二郎《ごとうしょうじろう》からの建白を受け入れた土佐藩前藩主山内容堂は、徳川家の政治的窮乏を救う手を差し伸べた。

「幕府が政をなすのではなく、諸侯会議をもって天下を治め、その議長として徳川慶喜公が就任されればよかろう」

倒幕ではなく、幕府を解体するとはいえ徳川の矜持も考えた大政奉還は、慶喜の受け入れるところとなり、成立した。

慶応三年（一八六七）十月十四日、慶喜が朝廷へ大政奉還を奏上し、二百六十年続いた徳川幕府はその歴史を終えた。

「なんということを」

「おのれ、土佐め」

倒幕という舞台にあがったところで、観客がいなくなったようなものだ。薩摩藩、長州藩が土佐藩を罵倒した。

「もう、辛抱できぬ」

三田の薩摩藩下屋敷も大いに荒れた。

「暴れてこい」

金をもらえず閉じこもらされていた浪人たちの不満を益満休之助が放った。

「待っていた」

薩摩浪人たちがふたたび江戸を蹂躙《じゅうりん》し始めた。

だが、辛抱が切れたのは薩摩浪人だけではなかった。

「薩摩の横暴、ゆるすまじ」

新徴組を擁する庄内藩酒井家も市中取締役の面目をこれ以上潰されるわけにはい

かなかった。

「罪なき民を害する者に、大義は付かず」

老中稲葉《いなば》民部大輔《みんぶのたいふ》正邦《まさくに》がついに決断した。

「薩摩藩に不逞浪人の引き渡しを求め、拒んだおりには討ち入ってよし」

「ご老中さまのお許しが出た」

庄内藩が欣喜雀躍《きんきじゃくやく》した。

一門の出羽松山《でわまつやま》藩の他、鯖江《さばえ》、上山《かみのやま》、岩槻《いわつき》の援軍を加え、総勢四百五十人に膨れあがった討伐軍は、大砲、鉄炮、弓も用意し十二月二十五日の未明、薩摩藩下屋敷へと打ちこんだ。

「防げ」

薩摩藩も浪士と組んで抵抗したが、十分な準備をしてきた庄内藩たちに敵せず、一刻半（約三時間）ほどで屋敷が焼け落ち、薩摩藩にいた者は皆逃げ出した。

「抵抗するな、ここで死ぬべきではない。死に場所は他にあり」

益満休之助らは、浪人たちが逃げ出すのを確認した後、幕府へ投降、捕縛された。

「見たか、薩摩っぽ」

「芋侍がざまをみろ」

散々迷惑をかけられた江戸の庶民たちは、薩摩藩下屋敷の焼亡に快哉《かいさい》をあげた。

しかし、これで流れは激しくなった。

大政奉還をした慶喜の功とせず、諸侯会議も開くことなく、王政復古の大号令を出し、徳川慶喜へ辞官納地を求めた朝廷への不満は爆発寸前であった。

朝廷への苦情表現として二条城から大坂城へ移動していた慶喜のもとに、わずか三日で江戸の騒動が報された。

「長州よりも薩摩を討つべし」

京にいる譜代大名、旗本たちが江戸の戦果に沸きあがった。

「上様、ご決断を」

大目付滝川《たきがわ》播磨守具挙《ともたか》ら強硬派に迫られた慶喜が折れた。

「討薩の上奏をおこなう」

慶応四年（一八六八）一月三日、大目付滝川播磨守を先鋒とした幕軍一万五千が慶喜の奏上をもって大坂から京へと向かった。

と同時に薩摩藩の大坂屋敷を攻撃、徳川と薩摩の戦争は開始した。

数倍の兵力を持つ幕府が当初優位とみられていた。

だが、滝川播磨守ら幕府の将がいまだ戦国の形式であるのに対し、薩摩、長州、土佐らの洋式歩兵銃隊は、新式の兵器で立ち向かった。

「どけ」

「どかぬ」

伏見《ふしみ》で出会った両軍は、通せ通さぬから戦端を開いた。

「うわっ」

最初の銃撃に驚いた滝川播磨守が落馬、そのまま逃げ出してしまったことで幕府軍は統率を失い、新式銃の前に多大な被害を出した。

「徳川へ砲口を向けよ」

さらに徳川方で従軍していた津《つ》藩藤堂《とうどう》家が寝返り、大砲を幕府軍に撃ちこむなどもあり、大勢は半日ほどで決してしまった。

「我らに堅固な名城大坂あり、精強なる幕府海軍も健在である。また数万の兵も意気軒昂《けんこう》なり。再戦し、都より薩摩、長州、それに与する賊を排除する」

大坂城へと逃げ帰ってきた兵たちを慶喜が鼓舞、落ちていた士気は回復した。

なれど、その舌の根も乾かぬ六日の夜、側近だけを連れて慶喜が大坂を脱出、船で江戸へと帰ってしまった。

「情けなし」

残された大名、旗本、御家人たちは啞然とした。

「将が逃げて戦えるか」

誰もがあきれ、戦意を失って当然である。

結果、大坂城は落ち、徳川は京より西のすべてを失った。

一月七日、慶喜追討の詔が出され、徳川は朝敵となった。

「上様がお帰りになった」

一月十二日、浜御殿に上陸した慶喜は軍艦奉行勝海舟《かつかいしゅう》の出迎えを受け、江戸城へと入った。

「上方で負けたらしい」

「朝敵だそうだ」

慶喜を乗せた船の乗組員の口から、鳥羽《とば》伏見の戦い以降のことが語られ、江戸中に徳川敗戦が広まった。

「薩摩、長州が江戸に攻めてくる」

庶民たちは大騒ぎになった。

「在所に逃げる」

「金を奪われないように、埋めねば」

喧噪は両国橋を渡り深川にも波及した。

「旦那さま」

天満屋孝吉の死以来、屋敷を出ず、一日剣を振って過ごしていた扇太郎に、朱鷺が話しかけた。

「関係ねえよ。民の命も守れねえ徳川に、先はない」

扇太郎は徳川の命運に見切りを付けていた。

「禄ももらえてねえしな」

御家人の禄は、二月、五月、十月と三回に分けて支給される。だが、去年の十月の支給はまだなされていなかった。

「…………」

無言で朱鷺が扇太郎に寄り添った。

「悪いな。どうしてもしなきゃいけねえことがある。それさえ終えれば、おめえたちと生き残る算段をするからよ」

「信じている」

詫びる扇太郎に、朱鷺が微笑んだ。


あっという間に諸藩は朝廷に恭順、遮るものがなくなった薩摩、長州を中心とする新政府徳川追討軍は、三月駿河に本営を移し、総攻撃の準備に入った。

「躬は謹慎する。後事はそなたに託した」

「江戸を焼け野原にだけはしちゃいけねえ」

慶喜から江戸を任された貧乏御家人出身の勝海舟が決断、益満休之助ら捕らえていた薩摩藩士を解放、その伝手で西郷吉之助と交渉を開始、四月十一日をもって江戸城は、新政府へと明け渡されることに決まった。

「情けなし」

「売国奴《ばいこくど》」

「我らはまだ負けておらぬ」

旗本、御家人の多くが、勝海舟の交渉を非難した。

「上様をお守りする」

その一部が慶喜の謹慎している寛永寺に集結、御三卿《ごさんきょう》一橋家の家臣渋沢成一郎《しぶさわせいいちろう》、天野八郎《あまのはちろう》を中心に彰義隊《しょうぎたい》を結成、新政府軍と軋轢《あつれき》を生じた。

「大人しく恭順いたせ」

四月十一日、江戸城が引き渡される直前、慶喜は寛永寺を出て謹慎先の水戸へと移動、彰義隊はその役目を終えた。

「薩摩、長州が有栖川宮《ありすがわのみや》を押し立てるならば、こちらも宮さまを奉る」

彰義隊は寛永寺門跡の輪王寺宮公現法親王《りんのうじのみやこうげんほっしんのう》を擁立、新政府との対決をより一層強めた。

「討伐するべし」

「江戸の感情を考えるならば、慰撫《いぶ》をいたすべきであろう」

まだ完全に掌握していない江戸で不穏の要因をどうすべきか、新政府でも意見が分かれた。

「お任せいたそう」

西郷吉之助の信頼を得た長州藩医師大村益次郎《おおむらますじろう》の案が採用され、彰義隊討伐が決定された。

「榊を殺しておくべきだ」

解放された益満休之助が、薩摩藩高輪下屋敷で南部弥八郎と肥後七左衛門に提案した。

「もう、御家人一人などどうでもよかろう」

「それよりも重要なことがある」

南部弥八郎と肥後七左衛門は、否定した。

「あやつも恨みある徳川の一人ぞ」

益満休之助が感情を露わにした。

「百俵前後、貧乏御家人に今更こだわる理由はない。もう、幕府はなくなり、徳川は我らの前に膝を屈した」

肥後七左衛門が放って置いてもどうということはないと述べた。

「しかし、天満屋孝吉一家への仕打ちを知っておる者がおるのはまずかろう。これから我らは江戸を支配するのだ。江戸城が落ちた今、もう恐怖でなく、秩序で民どもを従えるようにせねばなるまい。天朝が人殺しをさせていたなどと言われては、朝廷の傷になる」

益満休之助が喰い下がった。

「あらためて言うことでなかろう」

「そうなれば、我らが責任を取って腹を切ればいい」

南部弥八郎も肥後七左衛門もすでに昔のことだと割り切っていた。

「江戸が最後のはずだったのに、奥州の連中が逆らいおる。まず、こやつらを従えるのが先であろう」

「三田を焼いた庄内藩に思い知らせてやらねばの」

二人の目はもう江戸ではなく、東を見ていた。

「…………」

奥州や羽州《うしゅう》をどう攻めるかに興味を移した南部弥八郎と肥後七左衛門から益満休之助が離れた。

「わかっておらぬ。あやつはあのとき三田へ押しかけてこなかった。天満屋孝吉を殺されておきながら……それが拙者は怖い」

益満休之助が小さく震えた。

「江戸で戦をする最後の機会、それも相手は賊になった旗本どもだ。御家人を始末するにこれほどの好機はない」

暗い声で益満休之助が呟いた。


新政府軍が上野を攻撃する。

「逃げろ」

「火を付けると言うぞ」

上野から少しでも遠ざかろうと、庶民たちが逃げまどった。

「なにさまのつもりだ」

「徳川の霊廟《れいびょう》に刃を向けるとは不遜なり」

とは逆に、彰義隊に参加していなかった旗本、御家人が先祖伝来の鎧兜を身につけ、上野へ向かう。

「行って来る」

扇太郎はいつもの着流しに、一切の気負いもなく告げた。

「お早いお帰りを」

朱鷺も動揺を見せず、普段通りに見送った。

騒然とするなか、五月十五日早朝から、新政府軍による上野攻撃が開始された。

「雨か」

傘をさすことなく、扇太郎は両国橋を渡り、上野へと向かった。

「すさまじい音だな。あれが新式銃か」

すでに早朝から戦いは始まっており、新政府軍のスナイドル新式後装銃の発砲音が轟《とどろ》いていた。

「あれに鎧兜じゃ勝負にならんな」

扇太郎は鳥羽伏見での敗戦を理解した。

「薩摩は黒門口だったたな」

薩摩藩は大村益次郎から上野寛永寺の正面ともいうべき黒門口を命じられていた。

扇太郎は音のほうへと足を進めた。

「放て、放て、放て」

「銃身が焼けてもかまいもはん」

銃を構えた薩摩藩兵が休まず、銃撃を加えた。

耳を聾《ろう》する銃声と撃たれた彰義隊の悲鳴、薩摩藩兵の目は黒門へと集中していた。

「…………」

軍勢の後方にいた益満休之助が、無言で隊列を離脱した。


二人が出会ったのは、下谷広小路を南へ三町（約三百三十メートル）ほど行った豊前《ぶぜん》小倉《こくら》十五万石小笠原《おがさわら》家の中屋敷西南角であった。

最初に相手を見つけたのは益満休之助であった。

「やはり来たか」

「益満か、お仕着せを着てるから誰かわからなかったぜ」

扇太郎が益満休之助の被る笠のなかを確認した。

新政府軍の中核たる薩摩藩はイギリス式に倣《なら》い、兵たちに決まった格好をさせている。遠目では誰が誰かわからないため、遠くから将が狙われる危険を減らすためであった。

「江戸を無茶苦茶にして満足か」

「ああ、爽快な気分だ」

問いかけた扇太郎に、益満休之助がうなずいた。

「慈悲もなく、外様をいたぶり続けた徳川は人の上に立つ器ではなかったのだ。その証拠にわずか一年ほどで崩壊した」

「大木《たいぼく》ほど、倒れるときは派手だというからな」

鳥居甲斐守耀蔵、水野越前守忠邦という巨魁《きょかい》を見てきた扇太郎は、幕府が保たないだろうという予感を持っていた。

「薩摩は、いや、新政府はどうなんだろうな。いずれ徳川幕府と同じ運命をたどるのだろうよ。勝者のおごりをおめえたちはもう見せている。あいつらへの慈悲はどうした」

扇太郎が寛永寺の方向へ目をやった。

「世のなかが変わるためには、犠牲がつきものだ」

益満休之助が嘯いた。

「犠牲ねえ。なにもしていない庶民に強いるものではないだろう。天満屋は死ななければならぬほどの悪人だったか」

険しい声で扇太郎が訊いた。

「江戸の民は徳川の恩恵を受けてきた。我ら薩摩を芋と見下した罰だ」

強い口調で益満休之助が言い返した。

「合わねえな。おめえとは。初めて会ったときからうさんくさかったぜ」

扇太郎が太刀を抜いた。

「同意見だ」

益満休之助も応じた。

「天満屋の仇《かたき》、討たせてもらう」

「きさまに殺された浪人の恨みを晴らす」

二人が対峙した。

「恨みがおめえだけのものだと思うなよ」

扇太郎が益満休之助を睨みつけた。

「…………」

「……薩摩示現流か」

無言で蜻蛉《とんぼ》の形という独特の構えを取る益満休之助に、扇太郎は警戒を強めた。

「神速の示現流は無敵だ。すべての防御を貫く」

益満休之助が誇った。

「そうかい。なら、守りを捨てるだけよ」

扇太郎が太刀を青眼《せいがん》から右八相《みぎはっそう》へと変えた。

青眼は身体の中央に太刀を置き、どのような攻撃でも受け払いができる守りの形である。相手の出方に応じてから、攻撃へ転じる後の先を得手とする。その代わり、攻撃に移るには太刀を上げるか、下げるか、脇へ引きつけるかの一挙動が要る。

対して八相は、刀を脇構えから振り下ろすだけですんだ。

二の太刀を持たないと一撃必殺の薩摩示現流との勝負はやり直しがきかない。扇太郎も肚をくくった。

「…………」

扇太郎はゆったりと相手を見た。来ると緊張しては、身体の筋が固くなり、動きが遅くなる。神速を誇る示現流相手に一瞬の遅れは命取りに繫がった。

「きえええええええ」

猿叫《えんきょう》という独特の気合いをあげて、益満休之助が駆けてきた。

「疾《はや》い」

あっという間に五間（約九メートル）の間合いがなくなった。

「……ええい」

駆けてきた勢いのまま、体重を乗せた一撃を天から落とす。薩摩示現流はただこの一技だけを鍛える。

益満休之助の一撃が扇太郎へ向けて落とされた瞬間、辺りを圧する砲声が轟いた。

「……やっ」

その音に押されるように、扇太郎も足にすべての力をこめ踏み出した。益満休之助の右側へと抜けながら、扇太郎は太刀を振るった。

「…………」

位置を入れ替えた二人が立ち止まり、一拍の後、益満休之助が右脇から血を流して倒れた。

「ふうう」

扇太郎は大きく息を吐いた。

「新式大砲……あんなもんまで持ち出しやがったのか、新政府は」

益満休之助へ目もやらず、扇太郎は不忍池《しのばずのいけ》をこえて上野を攻撃する新政府軍の大砲の砲煙を見つめた。

新政府軍は、アメリカから購入した新式のアームストロング砲を加賀《かが》藩上屋敷に据え付け、不忍池ごしに砲撃を浴びせた。

「遠くから砲撃で圧倒する。刀槍に名誉をかける武士の時代は終わったな」

黒煙のあがる上野から、扇太郎は目をそらした。

「天満屋、江戸は残ったが、武士は滅びたぞ。恨みが天下を動かした」

扇太郎は浅草へ顔を向けて報告した。

「さて、明日からどうやって稼ぐか」

決闘に勝ったことで、親子三人の日々は続く。

徳川幕府が倒れようとも、新政府ができようとも、誰が天下の主になろうが、下々にはかかわりがない。どうにかして明日の米を得なければ、ならないのだ。

「変わらず、厳しいことよ。生きていくのはの」

扇太郎が戦場から背を向けた。

〈了〉

あとがき

中公文庫読者の皆様、ご無沙汰をいたしております。昨年から今年にかけての「闕所物奉行《けっしょものぶぎょう》 裏帳合《うらちょうあい》」シリーズ新装版では、お世話になりました。

「闕所物奉行 裏帳合」は、第一作『御免状始末』が二〇〇九年、最終刊『奉行始末』が二〇一二年と、足かけ三年、六冊にわたって展開させていただきました。

諸処の事情があり六冊で一度シリーズを閉じさせていただきましたが、当初の予定ではもう少し続けるつもりでおりました。そういった意味からいけば、この『維新始末』が本当の意味でのシリーズ最終巻になるかと思います。

さて、今年、二〇一八年は明治維新から百五十年にあたります。

メモリアルイヤーのはずなのですが、それほど盛りあがっているのでしょうか。

NHKの大河ドラマが、維新の英傑西郷隆盛《さいごうたかもり》氏を主人公にされているくらいしか、わたくしは明治維新百五十年のイベントを知りません。

わたくしの居住している大阪では、明治維新百五十年よりも、神戸開港百五十年の幟《のぼり》をよく見るほどです。

もちろん、大河ドラマの主人公西郷隆盛氏の故郷鹿児島県は盛りあがっているでしょう。維新の郷として鹿児島県と並ぶ山口県も、残念ながら維新を見ずに倒れた坂本龍馬《さかもとりょうま》を擁する高知県も気炎をあげておられることだと思います。

昨今、政治の世界でも維新という言葉、名前をよく耳にします。

そもそも維新とはなんなのでしょう。

出典は中国の古典『詩経』にあり、意味は「もって新たにする」あるいは「これをあらためる」だそうです。

たしかに明治維新は当時の日本の体制を大きく変化させました。一六〇三年、徳川家康《とくがわいえやす》が江戸に開いた幕府に終止符を打ち、天皇を中心とした政治体制へと復帰させました。

この結果、二百六十年余り続いた武家は特権階級ではなくなりましたが、代わりに貴族、役人という新たな権力者を生みました。

結局、庶民はなにも変わらなかった。いや、逆に悪くなったと言えるかも知れません。

大きな変化の後には、それへの反発が起きます。維新の直後から政府要人の暗殺が続いただけでなく、江藤新平《えとうしんぺい》の佐賀の乱、西郷隆盛の西南戦争と紛争も起きました。徳川幕府が倒れれば、弾圧はなくなり、皆、幸せになるというのが嘘《うそ》だと証明されてしまったわけです。

そして、今でも、どこの国でもそうですが、国内の不満をそらすために、庶民の目を外へ向けさせるというのを、明治新政府はやってしまいました。

徳川幕府が一度もおこなわなかった外征（琉球につきましては、幕府の許可を得たとはいえ、薩摩藩による侵略と考えるべきだと考え、あえて例外とさせていただきました）を明治新政府はおこなってしまいました。

もちろん、異論はあると存じます。日清戦争にせよ、日露戦争にせよ、おこなうだけの動機、条件があった、一方的に日本が悪いわけではないとのご意見もございましょう。

ただ、事実として日本は、外国へ兵力を持って進出したのはたしかなのです。鎖国をしていた徳川幕府とは次元が違うと言われれば、それまでなのも承知しております。

わたくしが危惧するのは、政治家が世間の目を内ではなく、外へ向けさせようとすることです。

現在、与党は憲法改正を声高に叫んでおります。これについて、わたくしは反対ではありません。憲法九条の第二項、いわゆる戦争放棄について、あいまいなままにするのはよくないと思うからです。

国家というのは、国民の生命と財産を守るためにあります。今の日本で、それがなされているのでしょうか。

戦争は外交で避けられる。すべては話し合いで解決できる。

それが正しいならば、殺人事件も強盗事件も詐欺事件も起こりません。国内でさえ、不可能なことを、言語、習慣、宗教、政治体制の違う外国相手になんでも対話で解決できるなど、夢物語でしかないのです。

だからといって、戦争をやっていいはずはありません。戦争回避のための外交努力は最後までおこなうべきですし、こちらから仕掛けるなど絶対にあってはなりません。

開戦にいたった経緯には論もありましょうが、第二次世界大戦がどれだけ悲惨だったかを日本は見てきたはずです。

それでも、国家は国民を守らなければなりません。

憲法はもっとも強い法律です。個人だけでなく、政府も縛ります。それだけに、もっと厳密なものであるべきではないでしょうか。言葉遊びで運用を変えられるようなものでは困ります。

最初に征韓論が出たのは、明治維新からわずか三年後のことです。そして日清戦争は明治二十七年に起こりました。

維新というものの功罪を、百五十年という節目の年に考えて見るのもいいのではないでしょうか。

やくたいもないことを申しました。お詫びします。

さて、この巻をもって榊扇太郎《さかきせんたろう》の物語は終わりました。徳川家という後ろ盾、禄を失った榊扇太郎が、これから未来《さき》どうやって生きていくのか。

終身雇用制度の崩壊を迎えた現代と同じ（寝ていても禄をもらえたという点では、大きな差がありますが）荒波に立ち向かう榊扇太郎をなにとぞ、応援してやってください。
お読みくださいましたこと、まことにありがとうございます。
また、新たな作品を皆様にお届けできる日のために、精進して参ります。
なにとぞ、これからもよろしくお願いをいたします。
最後になりましたが、どうぞ、お身体には十分お気遣いをくださいますよう。

平成三十年六月　梅雨とは思えない酷暑のなか

上田秀人　拝

追記
六月十八日の朝、関西を大地震が襲いました。被災された方々に心底よりお見舞申上げます。
一日でも早い日常への復興をお祈りいたしております。

本書は書き下ろしです。

中公文庫

維《い》新《しん》始《し》末《まつ》

2018年7月25日　初版発行

著　者　上《うえ》田《だ》　秀《ひで》人《と》

発行者　松田　陽三

発行所　中央公論新社
〒100-8152　東京都千代田区大手町1-7-1
電話　販売 03-5299-1730　編集 03-5299-1890
URL http://www.chuko.co.jp/

DTP　平面惑星
印　刷　三晃印刷
製　本　小泉製本

©2018 Hideto UEDA

Published by CHUOKORON-SHINSHA, INC.
Printed in Japan　ISBN978-4-12-206608-3 C1193

定価はカバーに表示してあります。落丁本・乱丁本はお手数ですが小社販売部宛お送り下さい。送料小社負担にてお取り替えいたします。

●本書の無断複製(コピー)は著作権法上での例外を除き禁じられています。また、代行業者等に依頼してスキャンやデジタル化を行うことは、たとえ個人や家庭内の利用を目的とする場合でも著作権法違反です。

中公文庫既刊より

各書目の下段の数字はＩＳＢＮコードです。978－4－12が省略してあります。

う-28-8
新装版 御免状始末 闕所物奉行 裏帳合㈠
上田秀人
遊郭打ち壊し事件を発端に水戸藩の思惑と幕府の陰謀が渦巻く中を、著者史上最もダークな主人公・榊扇太郎が剣を振るい、謎を解く！ 待望の新装版。
206438-6

う-28-9
新装版 蛮社始末 闕所物奉行 裏帳合㈡
上田秀人
榊扇太郎は闕所となった蘭方医、高野長英の屋敷から、倒幕計画を示す書付を発見する。鳥居耀蔵の陰謀と幕府の思惑の狭間で真相究明に乗り出すが……。
206461-4

う-28-10
新装版 赤猫始末 闕所物奉行 裏帳合㈢
上田秀人
武家屋敷連続焼失事件を検分した扇太郎は改易された出火元の隠し財産に驚愕。闕所の処分に大目付が介入、大御所死後を見据えた権力争いに巻き込まれる。
206486-7

う-28-11
新装版 旗本始末 闕所物奉行 裏帳合㈣
上田秀人
失踪した旗本の行方を追う扇太郎は借金の形に娘を売る旗本が増えていることを知る。人身売買禁止を逆手にとり吉原乗っ取りを企む勢力との戦いが始まる。
206491-1

う-28-12
新装版 娘始末 闕所物奉行 裏帳合㈤
上田秀人
借金の形に売られた旗本の娘が自害。扇太郎の預かりの身となった元遊女の朱鷺にも魔の手がのびる。江戸闇社会の掌握を狙う一太郎との対決も山場に！
206509-3

う-28-13
新装版 奉行始末 闕所物奉行 裏帳合㈥
上田秀人
岡場所から一斉に火の手があがった。政権返り咲きを図る家斉派と江戸の闇の支配を企む一太郎が勝負に出たのだ。血みどろの最終決戦のゆくえは⁉
206561-1

う-28-7
孤闘 立花宗茂
上田秀人
武勇に誉れ高く乱世に義を貫いた最後の戦国武将の風雲録。島津を撃退、秀吉下での朝鮮従軍、さらに家康との対決！ 中山義秀文学賞受賞作。〈解説〉縄田一男
205718-0

す-25-27
手習重兵衛 闇討ち斬 新装版
鈴木英治
江戸白金で行き倒れとなった重兵衛は、手習師匠・宗太夫に助けられ居候となったが……。凄腕で男前の快男児が謎を斬る時代小説シリーズ第一弾。
206312-9

す-25-28
手習重兵衛 梵鐘 新装版
鈴木英治
手習子のお美代が消えた⁉ 行方を捜す重兵衛だったが……（「梵鐘」より）。趣向を凝らした四篇の連作が織りなす、人気シリーズ第二弾。
206331-0

す-25-29
手習重兵衛 暁闇 新装版
鈴木英治
旅姿の侍が内藤新宿で殺された。同心の河上が探索を進めると、重兵衛の住む白金村へ向かう途中だったらしいと分かったが……。人気シリーズ第三弾。
206359-4

す-25-30
手習重兵衛 刃《やいば》舞《まい》 新装版
鈴木英治
親友と弟の仇である妖剣の遣い手・遠藤恒之助を倒すため、新たな師のもとで〈人斬りの剣〉の稽古に励む重兵衛だったが……。人気シリーズ第四弾。
206394-5

す-25-31
手習重兵衛 道中霧 新装版
鈴木英治
親友殺しの嫌疑が晴れ、久方ぶりに故郷の諏訪へ帰れることとなった重兵衛。母との再会に胸高鳴らせる彼を、妖剣使いの仇敵・遠藤恒之助と忍びたちが追う。
206417-1

す-25-32
手習重兵衛 天狗変 新装版
鈴木英治
重兵衛を悩ませる諏訪忍びの背後には、三十年ごしの因縁が——家中を揺るがす事態に、重兵衛、左馬助、惣三郎らが立ち向かう。人気シリーズ、第一部完結。
206439-3

な-65-1
うつけの采配（上）
中路啓太
関ヶ原の合戦前夜——。誰もが己の利を求める中、ただ一人、毛利百二十万石の存続のため奔走した男・吉川広家の苦悩と葛藤を描いた傑作歴史小説！
206019-7

な-65-2
うつけの采配（下）
中路啓太
小早川隆景の遺言とは正反対に、安国寺恵瓊の主導により天下取りを狙い始めた毛利本家。はたして吉川広家は家を守り抜くことができるのか？〈解説〉本郷和人
206020-3

各書目の下段の数字はISBNコードです。978－4－12が省略してあります。

な-65-3
獅子は死せず（上）　中路啓太
加藤清正ら名だたる武将にその武勇を賞賛された武将・毛利勝永。関ヶ原の合戦で西軍についたため、領地没収をされた男が、大坂の陣で最後の戦いに賭ける！
206192-7

な-65-4
獅子は死せず（下）　中路啓太
誰より理知的で、かつ自らも抑えきれない生命力を有し、家族や家臣への深い愛情を宿した戦国最後の猛将の生涯。『うつけの采配』の著者によるもう一つの傑作。
206193-4

な-65-5
三日月の花　渡り奉公人 渡辺勘兵衛　中路啓太
時は関ヶ原の合戦直後。『もののふ莫迦』で「本屋が選ぶ時代小説大賞2015」に輝いた著者が描く、反骨の武将・渡辺勘兵衛の誇り高き生涯！
206299-3

な-65-6
もののふ莫迦　中路啓太
豊臣に故郷・肥後を踏みにじられた軍人・岡本越後守と、豊臣に忠節を尽くす猛将・加藤清正が、朝鮮の戦場で激突する！「本屋が選ぶ時代小説大賞」受賞作。
206412-6

と-26-13
堂島物語1　曙光篇　富樫倫太郎
米が銭を生む街・大坂堂島。十六歳と遅れて米問屋へ奉公に入った吉左には「暖簾分けを許され店を持つ」という出世の道は閉ざされていたが――本格時代経済小説の登場。
205519-3

と-26-14
堂島物語2　青雲篇　富樫倫太郎
山代屋へ奉公に上がって二年。丁稚として務める一方、幕府未公認の先物取引「つめかえし」で相場師としての頭角を現しつつある吉左は、両替商の娘・加保に想いを寄せる。
205520-9

と-26-15
堂島物語3　立志篇　富樫倫太郎
念願の米仲買人となった吉左改め吉左衛門は、自分と同じく二十代で無敗の天才米相場師・寒河江屋宗右衛門の存在を知る――『早雲の軍配者』の著者が描く経済時代小説第三弾。
205545-2

と-26-16
堂島物語4　背水篇　富樫倫太郎
「九州で竹の花が咲いた」という奇妙な噂を耳にした吉左衛門は西国へ飛ぶ。やがて訪れる享保の大飢饉をめぐる米相場乱高下は、ビジネスチャンスとなるか、破滅をもたらすか――。
205546-9

と-26-17
堂島物語5 漆黒篇
富樫倫太郎

かつて山代屋で丁稚頭を務めた百助は莫大な借金を抱え、お新と駆け落ちする。米商人となる道を閉ざされ、行商人に身を落とした百助は、やがて酒に溺れるが……。

205599-5

と-26-18
堂島物語6 出世篇
富樫倫太郎

川越屋で奉公を始めることになった百助の息子・万吉は、手代たちから執拗な嫌がらせを受ける。『早雲の軍配者』の著者が描く本格経済時代小説第六弾。

205600-8

と-26-26
早雲の軍配者（上）
富樫倫太郎

北条早雲に見出された風間小太郎。軍配者となるべく送り込まれた足利学校では、互いを認め合う友に出会い――。新時代の戦国青春エンターテインメント！

205874-3

と-26-27
早雲の軍配者（下）
富樫倫太郎

互いを認め合う小太郎と勘助、冬之助は、いつか敵味方にわかれて戦おうと誓い合う。扇谷上杉軍へ攻め込む北条軍に同行する小太郎が、戦場で出会うのは――。

205875-0

と-26-28
信玄の軍配者（上）
富樫倫太郎

駿河国で囚われの身となったまま齢四十を超えた山本勘助。焦燥ばかりを募らせていた折、武田信虎による実子暗殺計画に荷担させられることとなり――。

205902-3

と-26-29
信玄の軍配者（下）
富樫倫太郎

武田晴信に仕え始めた山本勘助は、武田軍を常勝軍団へと導いていく。戦場で相見えようと誓い合った友たちとの再会を経て、「あの男」がいよいよ歴史の表舞台へ！

205903-0

と-26-30
謙信の軍配者（上）
富樫倫太郎

越後の竜・長尾景虎のもとで軍配者となった曽我（宇佐美）冬之助。自らを毘沙門天の化身と称する景虎の前で、いま軍配者としての素質が問われる！

205954-2

と-26-31
謙信の軍配者（下）
富樫倫太郎

冬之助は景虎のもと、好敵手・山本勘助率いる武田軍を前に自らの軍配を振るい、見事打ち破ることができるのか⁉ 「軍配者」シリーズ、ここに完結！

205955-9

上田秀人
最新単行本

人は運命から
置き去りにされる
ときがある——。

翻《ほん》弄《ろう》 盛《もり》親《ちか》と秀《ひで》忠《ただ》

長宗我部盛親と徳川秀忠。絶望の淵から栄光をつかむ日は来るのか？
関ヶ原の戦い、大坂の陣の知られざる真実を描く、渾身の戦国長篇絵巻！

中央公論新社